窗子裡的兩個女人

鄭南川小說集

自序

　　轉眼之間，在加拿大生活近三十多年了。

　　日子就像家裡擺放的衣服，越來越多。整理一下，新舊衣物成了一個個故事，挑挑揀揀，寫了不少文字。

　　近一兩年來開始寫一些短篇，感覺這也順手，生活的經驗就是片斷和故事，就記錄下來。

　　和以前寫作不同的是，這些不長的文稿有了新的跨越，筆下的人物事件，不再僅僅是我和我個人經歷的本身，而是看到了我身邊的所有人，他們有著不同的文化背景，不同的歷史和區域生活，是一個東西方生活整體下的圖景。這是一個奇妙的嘗試，因為有了多年的移民生活環境，自己成了新國家的一員，也就開始了一段不同尋常的寫作。不過，當我敘述那些鮮活的故事時，思維和創作的視角變得有些不同，甚至對很多故事講的也有些「另樣」，其實，這正是一種「邊緣人」的寫作，在寫著一種「夾縫」的文學，開創著一種獨特的文學領域，這也是生活的必然。在加拿大提倡的多元文化精神，就是這個國家民族文化構成必然的結果，我們的寫作同樣是這個國家文學的一部分。

　　讓我感到幸運的是，我有在中國幾十年的生活過程，這對於「睜眼看世界」有著先天的優勢，我們關注著身邊的人，更關注著我們這些漂泊海外的中國人，我們的文學跨越著國度，

同樣，也書寫著中國人海外文學的一部分。在網絡如此發達的今天，這些簡短，真實和可讀性強的作品，會更容易受到讀者的歡迎和接受。

鄭南川

於蒙特利爾

CONTENTS

一個癌症患者和他的愛人

　　在這個城市裡，牽手是那樣的自然，布朗和琳達已經牽手很多年了，他們沒有結婚，但一直生活在一起，現在已經退休了。晚飯後，他們牽手出門散步，夕陽倒映著影子，十指相扣，遠遠地走來，小雜貨店的阿勤透過窗子看見他們，如同每天在等待。進這家小店，是他們每天的一件事，就像每天要去工作一樣，布朗買一包煙，他說這是他教書用的粉筆，離不開。琳達買一張彩票，她說為他們將來世界旅遊準備儲蓄。他們每天都這樣。

　　布朗已經吸煙很多年了，前些日子檢查出患了肺癌，在大家的建議下，他適度減少了吸煙的數量，每天一包煙改成了二四天一包，不過，去慣了小雜貨店，買一張彩票，和阿勤打個招呼，他們是好朋友。每天仍然還是可以看到他們的身影。

　　阿勤對丈夫吸煙非常不滿，狠狠罵過他，她說眼前就是最好的例子，絕不允許再吸煙了，為這事先是吵架，後來丈夫戒不了偷偷的吸，發現後吵的更是不可收拾。阿勤有時當著他們的面，也指責自己的丈夫，說他沒出息也沒用，丈夫很不開心。每當這時，琳達總是轉過臉對著布朗笑，開玩笑地說，「唉，你怎麼打算，澈底戒了吧。」布朗看著琳達笑，他不說話，就是笑，笑完了，就對著她的嘴親一下。

　　布朗並沒有戒掉煙，他們買了好幾年彩票，也從來沒中過

什麼大獎。前兩天發現不見了布朗的影子，只是琳達獨自一人來小雜貨店，她買一張彩票，有時也買一包煙。阿勤開始不大好意思詢問，後來看琳達臉色不大好，還是張口了。

琳達說，「布朗的癌症病已經擴散，在醫院躺著化療，暫時不能回家了。」

阿勤忍不住地說，「布朗現在還吸煙嗎。」

琳達輕輕地笑了一下說，「他也試圖戒掉它，挺困難的，現在情況很不好了，他就更難了，吸的已經很少了。」

阿勤說，「你該好好勸勸他戒掉。」

琳達說，「我們都在一起談過了，他也不容易啊。」說完又淡淡地笑了一下。

阿勤沒有再說話。

布朗的病況越來越不好了，阿勤也趕去醫院看他。眼前的他已經完全變成另外一個人，頭髮沒有了，眼睛凹進去了，消瘦的害怕。琳達坐在他的床邊，緊緊握著他的手。布朗沒有忘記阿勤，對著她笑了笑，用手在嘴前做了一個吸煙的動作，開玩笑地說，「我能買一包煙嗎。」阿勤聽懂了，差點眼淚掉出來。琳達湊近布朗，像對孩子說話似的，「打算澈底戒了吧。」她微笑著，摸了摸他的頭，布朗不再說話，只是微微地笑，笑完了，把嘴對到了琳達的唇上，兩人親吻了一下。

布朗最終還是離開這個世界，琳達沒有搬家，習慣了這裡的生活，每天晚上還會去小雜貨店看看阿勤，她還是像以前那樣說話，還買著彩票。不過她改變了買彩票的理由，她說如果有一天中了獎，將把所有的錢捐給民間禁煙組織。有一次，她買了一包布朗吸的那個牌子的煙。

　　阿勤問，「怎麼你也吸上煙了。」

　　琳達說，「沒有，我準備去墓園看看他，這一輩子他就是離不開煙啊！」

　　布朗的去世也觸動了阿勤的丈夫，他決定斷了吸煙。週末店裡進貨很累，阿勤見丈夫坐在地上喘著大氣挺辛苦的，就主動問，「要不要吸根煙啊。」丈夫抬頭看了看她，說，「我還能吸煙嗎。」然後低下了頭。

　　阿勤心裡一酸，淚溢滿了眼眶。

窗外的那片風景

（一）

　　這是加拿大那座小城市的一角，依戀在流水北去的河邊，因為美麗和別致的自然環境，也是城市富人居住的一片地方，藍沁的家就安置在這裡。

　　能在這塊地方買下房子，對於有錢的中國人來說是情不自禁的，這裡居住的有文化名人，更有商業最有錢的大佬，不管說成是實力還是虛榮，住在這裡的感覺都充滿著聯想和滿足。

　　自從家安定下來，藍沁也就「失去」了丈夫，她的使命是讓女兒從小就接受西方式的教育，直接跨在西方人的肩膀上，培養出最好的未來之子，說自己是保姆還是陪讀者都行，必須跟隨孩子一道成長。而父親為了這個家，也為了這幢豪宅的存在，需要付出代價，回到中國去掙錢，其他的可以忽略，必須走出一步再說，中國人就是這樣「犧牲」自己的。其實，對於他們一家人來說，理念是一致的，就算是生活的考驗，叫創業。

　　這樣的生活在開始的一兩年裡，如同共同的「誓言」，為了孩子，夫妻都毫無怨言，對於中國人的情感世界來說，是一種純粹的理解，加之新生活中的很多新鮮事和不同的面對，藍沁有一種衝刺的感覺，學語言，瞭解當地社會習慣的生活方

式，自己學駕車，對付日常生活瑣事，她一步步在往前走，有了很多進步。在家裡的工作，就是照顧好孩子的生活作息和思想情緒，這些事是細緻和煩躁的，每當學校組織家長座談會，她總是代表家長，多少還能說上幾句話，感到欣慰。在她看來，做丈夫的應該有足夠心情理解她的努力和做女人的難處。不過他們的交流中，丈夫聽的多，表態的少，對這些細節並非十分關注，更多的是一些祝福和問候，好像在他看來，這是女人該做的事，是女人的天職。

　　時間長了，當藍沁慢慢地習慣現實生活以後，除了做家務，應付日常事務，整天閑在家裡的她開始感到寂寞難忍。在國外，人們對於自己事情都很重視，節日或生日的到來，常常聽到鄰居朋友傳出的「驚喜」，旅行，生日派對，丈夫們送上的特別禮物等等，藍沁沒有。那次生日，女兒為她畫了一幅畫，她微笑地坐在中間，兩邊是爸爸和她，爸爸的手還搭在媽媽的肩上。把畫悄悄地放在枕頭下面，到生日的第二天她才發現。

　　藍沁一下子哭了，連她自己也忘了這個日子。

　　媽問女兒，怎麼不直接交給媽媽呢，生日都過了。

　　女兒說，我看你打電話總和爸爸生氣，如果給你了肯定又要埋怨，你看畫上，爸爸不是和我們在一起嗎。

　　媽說，你爸哪裡和我們在一起，家裡的事全是媽在操心。他在中國除了上班還幹嘛呢。

女兒說，叫爸爸回來，在這邊找個工作。

媽說，這裡能掙多少錢，這麼大的房子養得起嗎。

女兒說，我不住這麼大的房子，空的好害怕。

媽說，誰知道啊，沒準你爸並不想過來。

藍沁的心裡也是矛盾的，自從兩地分居後，她和丈夫在一起的感覺有了很大變化，是陌生感，還是生活環境的變化，每次見面，她怎麼也拿不出以前的那種愛的情緒，性生活像是一種夫妻「責任」，過得勉強，而且就在一起這麼幾天，甚至都懶得去想。有時，她產生出一種念頭，或許分居更自然，每當他回來探親，倒覺得有些緊張了，有一種說不出的心態。

藍沁還有一種莫名的想法，這兩年國內社會風氣惡劣，常常聽到那些二奶侵蝕有錢人的故事，據說也不是少數，她的心裡多了一處空白。做男人的，一個人生活，在現實社會的環境中闖蕩，必須面對挑戰，按照老外的話說，夫妻分開是不可思議的，誰敢給誰保證呢。好在她和丈夫的聯絡還正常，沒有什麼異樣，每年固定的相聚一次，藍沁用過去美好的記憶鞭策自己，她堅信擔當著養育孩子的使命，是母親最讓丈夫感動的精神。

（三）

加拿大的冬天，像一張空白的紙包裹著房屋，顯得空虛和漫長，冬天的景色穿透過不大的窗子，逐步放大，延伸出一條河流，變成一片潔白的淨色。

每當孩子上學後，她就會在窗前一坐半天，像是尋找什麼

東西，和期待一個驚喜的出現。開始，她對大雪紛飛的那種情景有強烈的認同，這番奇景在國內時是從來沒見過的，每當這種時候，她用蘋果手機拍下幾張照片，這些照片的效果出乎她的意外，竟然十分漂亮。興奮之餘發到網上，贏得了不少網友的點贊，有的網友稱圖片出自專業人之手，這事讓她找到了幾分精神上的快樂，幾乎每天都會把自己的作品上傳到網上，和大家商榷討論，也找到很多喜歡的「粉絲」。慢慢的她開始關注各種情景下的冬景，從一個視角，一點放大，想找到不同特色的瞬間，展示自己更廣泛的藝術才能，她覺得已經在向專業水準的行列進軍了。

　　不過，有時她也會產生不愉快的情緒，坐在窗前想大哭一場。那些攝影照片解決了一時心裡的苦悶之後，更多的時間又回到了寂寞的心慌之中，出國的美好願望因為殘酷的現實，已經不復存在。面對攝影愛好網友們熱情的招呼捧場，她盯著手機感到麻木，有時就呆癡地盯著窗外的景色，讓目光隨遠方而去。有　天，她突然看到一個女人行走在不遠的那條河邊，那是一個帶著雨雪的下午。她披著一件長羽絨衣，顯然是國內生產的那種，包裹著身子走在在結冰的河旁，只見她走過來又走過去，寒風吹起了她的頭髮，有時遮擋住了她的臉，她像在等待什麼，像一隻丟失了群體的野鴨子，在尋找著朋友。藍沁打了一個冷顫，這麼奇怪，自語道，這麼風寒的日子她不冷嗎？這個女人的出現，變成了窗外的一道景色，藍沁的心有一些震動，無聊和好奇，這成了她關注的一個視角，她的情趣也發生了變化。

（四）

　　時間在悄悄地推移，國內的丈夫被時間推移的也越來越遠，他們的對話更少了，除了談生活費用，轉帳寄錢和孩子的事，他們沒有什麼可說的。聯繫沒那麼多了，藍沁感覺自己的思念也變得模糊起來，丈夫的形象也不清晰了。站在全家照的面前，孩子的模樣已經不再像過去那樣，身邊的男人也定格在那個過去的時光，她的心變得異常「平靜」。不過，她發現那塊不大的窗子，成了她每天必須要去的地方，那個過去從來沒注意到的女人，是她現在生活關注的「重點」。

　　萬萬沒有想到的是，藍沁關心的那個女人，竟然每天都出現在那個不遠的河邊，不管是颱風下雨，那人的身影都飄落在那裡。她無法回答自己，不明白裡面到底有什麼祕密，她想知道，想明白這一切。藍沁的好奇已經有了惦記的情緒，盯著她的背影，那個失魂的影子，搖擺在冰滑的河邊，擔心她不小心掉入河裡，河水被雪覆蓋了，像一張蒼白的紙，她甚至害怕有人去書寫它，留下一行字。為了能看的更清楚，藍沁專門跑到商店買了望遠鏡，跟隨攝取她的行蹤，用筆記下那人來去的時間和自己每天的感受。不過，在望遠鏡裡，並沒有看到她的什麼異常，唯一獲取的資訊就是，偶然天氣惡劣的時候，那人也會改變出沒的時間。

　　一個人一旦對某件事著了迷，也是挺可怕的，藍沁想自己就是這樣的人，可她無法控制。前些日子天氣好了，她決定走出去親自看一下，明知道這樣做有些荒謬，很無聊，但她還是決定要這樣做。那女人就住在她家不遠的大樓裡，藍沁打聽

後知道，那女人並沒有工作，就是她一個人生活。沒有人知道她具體的生活背景，到底有沒有丈夫或孩子，但有一點是肯定的，也是這幾年從中國移民過來的，據說經濟條件不錯，在那個大樓買下了一個單元的住房。

不知道為什麼，藍沁覺得，她和這個女人的命運有著極其的相似之處，從年紀上看和自己相差不大，或許她也有孩子，只是沒有過來，也許她離婚了，獨自在這裡，有著同樣的心理痛苦。藍沁就這麼想下去，覺得自己的猜測越來越真。她也不知道為什麼自己得出這個結論，而且，堅信不移。

（五）

女兒的生日到了，這個對自己生日過不過已經毫不在意的女人，對女兒是非常重視的，可以說，這是丈夫和她最有話說和交流的時刻。藍沁把女兒的生日照片從微信裡發給了他，可是沒想到，過了兩天，遲遲沒有收到丈夫的祝賀。為這事她和丈夫在電話裡發生了激烈的爭吵。

藍沁說，女兒生日你幹嘛去了，完全忽略了對孩子的關心和愛。你知道女兒還等著你的回音呢。

他說，這幾天忙，真沒看微信，真是忽略了，對不起女兒。

藍沁說，你在國外有老婆孩子，這都能忽略。你知道，這是時刻都要關注的事啊。

他說，知道。對不起啊，我確實沒做好。

藍沁說，沒法原諒你。說著大哭起來。

接著放下了電話。

這一天，藍沁沮喪著臉看著窗外，冬天的景色那樣蒼白，那樣的漫長。她看見大雪地裡飛來一隻孤鳥，正站在一棵乾枯的大樹上跳來跳去，這樣的憂傷的場景，看著她又哭了，哭的很厲害。

這一刻，她感到心已經被挖空了，有一種強烈地渴望，多麼想能在窗前看到那個女人的身影，這幾乎是那一刻的整個寄託。她沒有吃飯，也沒有做家務，守在望遠鏡前，期待著那個女人的出現。不過，這一天她沒有見到那個女人，她的整個期待沒有實現。

第二天在社區傳出消息，說有一個中國女人跳河自殺了，因為憂鬱症無法抵禦，選擇了離去，藍沁很快知道了正是這個女人。她為這事哭的死去活來，無法自控，就像自己失去了親人。送葬的那天，她擠在人群中，和大家一同哀悼，藍沁感到的是一份對自己心情的安慰。

（六）

藍沁病倒了，住進了醫院。

她無力照顧好女兒。

經醫生檢查鑒定，藍沁患上了嚴重的憂鬱症。

在醫生檢查過程中，她多次提到那個窗子，和窗外的那片風景，請求讓她站到那裡，回到那個地方，她堅信，只要待在那裡，心情會好起來，相信一切就會慢慢正常。

丈夫終於回來了。

他萬萬沒想到，自己為了這個家遠離它鄉，帶來的是這般

下場。丟掉了妻子的信任，失去了家庭的真實。經醫生建議，藍沁不適合再居住那個地方，需要搬遷。

他決定留下來了，放棄自己的高薪工作，從頭開始。

回到妻子身邊以後，他們放棄了昂貴的別墅，搬進了城市的套房。

藍沁又一次躺在丈夫的懷裡，問，我們還能實現那個共同的「誓言」嗎？

丈夫說，現在我們生活在一起，就能實現共同的「誓言」。

尋找丟失的記憶

　　阿東翻了一個身，到了早上起床的時候，可眼睛怎麼也睜不開，腦袋裡有一個模糊的記憶，明天就要搬新家了，有一件事必須要做，是拖了很久必須做的事，就在今天做，尋找一樣東西。但是醒來那一刻，怎麼也想不起來是什麼東西。他使勁的想著，情願繼續去想，直到想起來是什麼再睜開眼睛。他又翻了一下身子，好像有了一點感覺，這東西放在家裡的某一個地方，就在家裡。他一下子睜開了大眼，從床上爬了起來。

　　走進廚房顧不上煮咖啡，就開始翻動櫥櫃。他一邊翻一邊自問，這裡不會有該找的東西吧，手腳倒是動的很快。看見一個瓷碗，出國時母親送他的，碗是大紅色，上面有兩隻飛燕，很有家鄉特色。記得母親說，家鄉四季如春燕子多，春天到的時候，漫天都飛滿了。加拿大那邊大雪天地，肯定沒這種鳥，留著做個紀念。出國那麼多年，他還真沒見過燕子，很久沒注意它了，它躲在櫥櫃的裡頭，有一次碰破了下面，放在桌上就總是歪著身子，放飯菜不雅觀，就沒再使用它。他拿了出來，看了看自語道，要搬家了，這次不能再留下了，隨手放在垃圾旁邊。

　　一早老婆就提醒過他，明天搬新家，阿東想，必須找出那東西，要不就得拖下去，甚至再也找不到了。是什麼東西呢，他堅信在尋找中會想起或發現。

給自己煮了一杯咖啡，電話鈴響了。

朋友大衛問他幹嘛。

他說，心裡有點悶，要找一樣東西，很重要的東西。昨天夜裡清楚記得，可現在怎麼也想不起來了。

大衛說，與你搬家有關吧，他試圖提醒。

他說，對，買了新房，很多東西不能帶去，如果找不到，搬了家就麻煩了。

大衛說，不會是房產證，保險合同和房屋驗收單。

阿東說，這些東西怎麼會丟呢，是一樣很重要的，也很特別的東西。

還是沒有想起來是什麼，阿東開始翻起抽屜來，裡面亂七八糟的東西很多，平時收埋褲包的零錢，發票，名片，眼鏡，電池，手機充電線，指甲刀，小鎖，鑰匙，記錄本，甚至還有香水，美女照和安全套，等等。他有些煩躁，這些東西只能在搬家時全部丟了。不過，翻到了一張陳舊的照片，已經有三十年了，是他離開中國時母親和他拍的。因為他要出國，當時母親心情不好，他說過幾年之內一定把她接到身邊，陪伴一輩子，沒想到這些年匆忙事業，沒顧上辦母親出國的事，只是探了兩次親，後來她年紀大了，也不想出來了，轉眼之間老人已經離去。看著照片，阿東的心一股子酸楚，眼眶也濕了。從照片裡看，母親還很精神，臨行前，她往我行李包裡塞了兩個東西，一個是那個飛燕瓷碗，另一個是一條睡褲。想到這，他彷彿忘記了要找的重要東西，那條睡褲已經很多年沒見了，好像褲腳也有些破了，在哪裡呢，怎麼把它都忘了呢。他急忙地去翻起衣櫃，把裡面的衣服翻了一個過，想找出那條睡褲，可

是還是沒有找到。

整個中午和下午，他的尋找沒有帶來想起那個東西的線索，倒是拾起了一些曾經遺忘的記憶，和漫長無頭緒的回憶。

吃了晚飯，老婆把新家擺設圖展示了一番，她聲明，為了全新貌的家庭佈置，現在所有的破舊東西全部不留，那些小玩意沒精力收拾，就當垃圾了。阿東同意老婆的意見，新家就應該是全新的感覺。

可惜，今天必須找到的東西仍然沒找到，阿東心裡有一種莫名的心慌。

他坐在客廳裡發呆，沒有心思往下看電視，也沒心思和老婆說話。他使勁地想，相信一定有一件事，這件事在干擾著他整天的心情。他無法對自己解釋，打開一瓶酒開始喝了起來。

這是一個沒有結局的一天。

阿東酒後昏昏沉沉地睡了，進入了夢中。他聽到母親在和他說話。

媽說，那麼冷的天不穿上那條睡褲，媽媽專門給你做的，鑲著夏天家鄉花草的圖案，你在那個半年冬天的城市裡，褲子包裹著你夏天的家鄉。

他說，媽，我今天看見燕子飛起來了，飛到了家鄉黑瓦的房頂呢。

母親就笑，他也笑，笑出了聲音，他突然醒了。

阿東半夜爬起來，在一堆準備送給教堂的舊衣服堆裡，終於翻出了那條睡褲，把它套在了身上，又鑽進了被子。

當他再一次進入夢中的時候，已經是第二天的開始，新的一天，就要住進新房子，佈置全新的家當，又是新生活的開端。

哦，阿東終於想起了他必須找到的東西，就是別忘了帶走對母親的思念。

　　第二天他宣佈，那些破舊的東西就不要了，但是，那個歪倒的飛燕瓷碗和和破了褲腳的睡褲，必須帶走。

　　這正是他要尋找的東西，飛燕瓷碗和睡褲，記憶著他們一家對母親永遠的紀念。

跑進屋裡的那個男人

夏緯旅遊加拿大西部三周回來了。

這次玩的開心，可以說是漫遊，把心放下玩夠了再說。出國三年學油畫，興趣不是很大，何時畢業也不知道，國內學習成績一般，就有點水彩畫的特長，父母只能出錢送到國外。雖然，是家裡的獨生女兒，不想對不起他們，可這個沒人管的環境，自己也做不成好孩子，出去玩玩也就瞞住了。

租住的家就在街口，門對著路，夏緯掏出鑰匙剛想插，門自動打開了。誰進了家，她的心往上抽了一下，再往裡走看見一男人正在洗漱間洗臉。

這可是嚇壞了，想往外跑，那男人阻止著說，別害怕，別害怕，我是幫你看房的。

什麼，夏緯說，誰要你來看的，門鎖的好好的怎麼進來的？我打電話給員警。

男孩抬起兩雙手比劃著說，不要急，千萬別急啊，我叫文森，三星期前的一個晚上路過時，發現門是開著的，等了好久沒人，本想打電話給員警，因為喝酒多了點，我在沙發上睡著了。

夏緯愣了一下，那天匆匆忙忙走的，想不起來關門了沒有，可能忘了鎖門。她說，第二天為什麼不叫員警，立刻離開這裡。

文森皺了一下眉說，因為當時我正找房子，心想等你回來再離開也不遲，也可以省點錢，沒想到一住竟然三周時間。

她說，怎麼，住習慣了。

他指著房間說，我是打地鋪，沒有動你的任何東西，沒有搞亂家啊。

夏緯聽著鬆了一口氣，沒了恐懼感，反而覺得這人做事有點「傳奇」的份兒，被他的話也逗笑了。

他說，要不我現在離開，馬上就走。

夏緯抬頭看了看這個小伙子，頭髮雖然有點長了，但相貌好帥氣，藍藍的眼睛，典型的法國人模樣，挺可愛的，她突然產生出一個想法，讓他待下來。她說，就待在這吧，等明天再說。

文森立刻說，真的嗎，那好，謝謝。

夏緯躺在床上，遊玩的疲倦倒沒有了，想著另一間屋睡著的男人，心裡有一種奇妙的感覺，她從來沒有和一個男人同住在一個房裡。不過，她不敢往下想，自己太年輕，吃花還靠著父母，一切都不是眼前的事。

不過，第二天的情況全變了，當走進客廳看到男孩把咖啡煮好，另加一個雞蛋兩片麵包時，夏緯的感覺完全震撼了。他還用蹩腳的中文說了一句「早上好」。她說不清是什麼原因，很是溫暖，膽子一下子大了起來。

她說，看來你人不錯，謝謝。

他說，對女孩應該這樣，而且你那麼漂亮。

她說，那你做個簡單的自我介紹吧。

他說，二十五歲，喜歡街頭畫，塗鴉漂流者。夏緯沒想

到他也畫畫，在國外流行的塗鴉畫，很像中國的水彩畫，很喜歡。

她說，這麼巧啊，我正在學校學畫畫呢。

文森看著她笑了起來，笑完後說，其實我知道你是畫畫的，我看到過你拿著畫板進家。

什麼，她說，你知道我住在這裡，你怎麼能監視我。

他說，沒有，沒有，我不是監視你，是喜歡你，想和你交朋友。

她說，我並不認識你，現在讀書沒時間交什麼朋友，不可能的。

文森沒有說話，請夏緯一起進餐。

早餐期間，他們談起的塗鴉畫。

文森說，這種看似街頭的畫，很民間，很氣勢，很大眾化，很有個性，想把它做成流派，他和幾個夥伴現在已經在加拿大的一些大街區，成功做成了城市景觀圖，很受歡迎，現在已經整合自己的「塗鴉」公司。他曾經準備在唐人街做幾組圖，感到力不從心。

夏緯問，你怎麼選擇唐人街呢。

他說，中國文化很別致啊，可以做出特色。說著他拿出電腦打開，那些誇張，寫實和動感的畫，全然跳入夏緯的眼裡，太有意思了。

她驚呆了，說，讓我們一起來創作吧。

文森很開心地說，那我們做朋友吧，我們挺有緣的。

說到有緣，夏緯覺得無話可說，可不是嗎，他這樣就進了家，說實話，作塗鴉畫和水彩更接近，自己更喜歡，也可以做

得更好。不過，夏緯對一個跑到家裡就「賴」住下來的人，對他的身分和經濟條件，必須打一個大問號。

早餐後，文森又問及關於他搬出去的事。他說，如果留下來可以支付一半的房錢，不需再找地方，再說我們可以做很多的事。夏緯聽出來了，他就是不想走了。

她問，你做塗鴉畫能掙錢嗎。

他說，可以啊，現在才有一點小規模，沒什麼錢，我才二十五歲，等我三十五歲，一定可以成功，再說我還可以做其他的事。

她又問，沒什麼文憑，能做到哪裡。

他笑了，大學裡哪裡有「塗鴉畫」專業啊，這本身就是創新，做成了我們就是未來的先行者、教授。夏緯沒想到眼前這個男孩這麼有想法，這麼看重這樣「平民化」的藝術。文森接著說，到了三十五歲，我也就可以自豪地結婚了。這話一出口，夏緯不知道為啥，臉都紅了，她不知道該如何回答，說，好吧，你繼續住在這裡吧。

生活就是這樣，每個人都很難說清動力何時而來，又如何精彩。文森進了這個家，夏緯讀書的自覺性大大提高了。她在悄悄地想趕快拿了文憑，和文森一起幹，搞出點名堂來。

在家裡，文森經常在電腦前設計各種圖案，還找來西遊記電影裡的很多圖片誇張修改，說是這些故事太有中國韻味了，問她很多關於中國民間故事傳說的歷史和文化背景。搞得夏緯感到知識跟不上，也常查書閱讀。他說，如果把中國民間故事加上現代思路，做出的塗鴉畫將會很有氛圍。夏緯發現，這個「塗鴉族」的流浪小伙，實在太聰明，就是在玩弄電腦方面也

是一個專家。有一天文森問，我們把做的比較成功的塗鴉畫拿到中國，為城市裝飾藝術加一道新景觀，你看會有市場嗎。夏緯從來沒想過，在中國生活那麼多年，也從來沒真正見過，這簡直是一個很有開創的想法啊。她說，中國現在文化產業發展很快，新東西很容易打開市場，你這是藝術和產業並舉的事。文森很興奮，請求夏緯畢業後帶他到中國一起發展，他還說，到那時你有國外的油畫文憑，再把水彩畫和塗鴉融為一體，就當這方面的一流專家吧。

文森是個挺幽默的人，夏緯對他的話和行為，開始是一份開心，後來變成了敬佩，而且也越來越依戀他。那天，他們一起出門為社區作畫，他工作起來一身髒兮兮的，臉上也沾滿各種顏色。

休息時，他站在高牆上吸煙，還大聲喊著，夏緯，你也辛苦，來一根煙吧。

夏緯使勁地笑，說，我們中國女人不喜歡吸煙。

他又在上面喊，喜歡接吻吧。

夏緯說，這要看誰。

他用手比劃一個飛吻的動作喊著，那就是我了。

她對這個男孩的感覺已經超越了，好想讓自己的身子挨著他。

塗畫時不小心，文森的錢包掉了出來落在地上，夏緯撿起來順便看了看，裡面有一個大學的學生證，上面寫著名字：「文森·黃」。這是什麼意思，怎麼文森姓黃呢，夏緯納悶極了，他不會是中國人吧，哪裡有半點中國人的模樣呢，他還在上大學嗎，從來沒聽他說過，她仔細地看著照片，沒錯啊，就

是他，就是文森。這一天，這些質疑充滿了她的腦袋，她必須
弄明白到底是怎麼回事。

　　吃完晚飯，夏緯倒了兩杯紅酒坐下來和文森一起看電視。

　　文森趕快接下說，你這麼好，我真的很開心和你在一起。

　　夏緯說，我們現在是好朋友吧，或許還會更好。

　　他說，肯定的，我現在不正在表現嗎。

　　夏緯說，那好，你回答我兩個問題，第一，你到底叫什麼。

　　他笑了，說，還有第一第二呢，我叫文森。

　　她說，姓什麼。

　　他回答，姓黃。

　　她說，不對吧，你是中國人嗎。

　　他回答，我的爺爺是中國人。

　　她說，不會吧，你怎麼沒有中國人的樣子呢。

　　他說，親愛的夏緯女士，你去問我父母吧。

　　她這時開始動搖了自己的想法，看來是這樣。

　　夏緯又說，第二，你正在讀大學吧。

　　他說，我正在工作，大學已經畢業了。

　　她說，學什麼專業的，怎麼從來沒聽你說過。

　　他說，電腦專業，為什麼一定要說呢。

　　夏緯想想他平時玩電腦那麼厲害，看來也是真的。

　　文森想起了他的錢包，笑著說，你偷看了我的資料了。

　　夏緯趕快說，順便看到的，不過你應該告訴我。

　　文森說，有個電腦專業知識很重要，這是我搞好塗鴉書的
工具，至於我是什麼人，你可以瞭解，應該看得出來啊。

　　他們倆開始舉杯，話也越來越多。

夏緯說，等我學業結束了，積累了我們作畫的經驗，真想和你一起到中國發展呢。

她這麼一說，文森一下子興奮起來了，他給自己又倒了一杯酒，坐到了桌子上，像一個教授在發言，說，我長著一個完全不同於中國人的臉，可是，從小就覺得自己是一個中國人，父親也在這裡出生，談起中國的事也一知半解，我更加好奇，想要尋找中國過來的年輕人做朋友，我心中一直藏著兩個夢，一是要像爺爺那樣到海外發展自己，他來到加拿大，我要去中國。

夏緯說，為什麼，好奇，還是更想瞭解中國。

文森沉默了一會兒，說，真不知道，我的身體裡可能有中國人的基因吧，他笑了笑又說，我感覺中國的文化底根很厚，會感受一種全然不同的世界。這兩年中國的發展更讓我待不住了，我夢想在中國的大都市裡，建起「塗鴉畫廊城」景觀，跨越每個城市，一定要過去看看。

夏緯問第二個夢呢。

文森說，我想好了，要找一個喜歡的中國女孩，一起在中國創業。

夏緯被他的這話迷住了，真有想法，也真會想啊，找一個中國女孩竟然成了他的夢想。

文森是一個很特別的男孩，他的夢想，是和他的家庭血溶分不開的，有一種純粹的中國人情結。他說，其實我原來就住你家對面，一直沒找到和你接觸的機會。那天，我退了房路過這裡，正好準備去簽約新住處，沒想到你忘了鎖門一去三周，開始有點猶豫，後來下定了決心，我們都熱愛畫畫，或許我們

可以合作做點事，你是中國女孩，這個機會不能放棄了，我必須「賴」在你家，試一試我的運氣，等你回來。

事情原來是這樣，夏緯一下子被感動了，真是生長在加拿大的孩子，想的和做的那麼大膽，直白，「天真」和可愛，又那麼堅定和執著。她走到文森的身邊，用膀子靠了一下他的身子說，好吧，我就做你的女朋友。文森一把抱住了她，使勁地吻著她的頭。

夏緯把文森跑進自己住房的事告訴了家裡，在視屏裡父母開始聽著有點「恐怖」和不理解，等她把故事講完，又舉起畢業文憑給他們看時，他們完全明白了女兒的成長和文森對她的影響，這是一個多麼有趣和陽光的男孩啊。

媽媽說把他的照片給看一下。

夏緯說，等我們回來再看吧，就是一個「老外」。

爸爸站在一邊插話，還逗我們呢，告訴文森，中國歡迎他，我們也想見他。

此時的夏緯，已經熱淚滿面。

「得得」之死

　　得得死了，牠的死是愛玲家的祕密。

　　在那個花園式的獨立房裡，愛玲養著一條可愛的小狗，牠的名字就叫得得。這名字喊起來朗朗上口，挺曖昧的，就像媽媽叫著寵愛的女兒，愛玲喜歡這名字。

　　得得不是什麼純種，是那種皺皮狗和熱狗配出來的，大耳朵，短毛，個子矮矮的，身子長長的，一臉的皺皮加上擠在中間的那雙帶著幾分羞怯的眼睛，讓人看了有一種說不出的可愛，會情不自禁地笑出來。

　　得得的可愛也吸引著左鄰右舍的住家，住在旁邊獨立房的安莉老人就是一個。安莉一個人住在那個獨立房裡，她先生剛過世幾個月。在大雪繽紛的日子，孤獨的老人只能常常把時間留在瞭望窗外。她關注窗外當然還有另外一個原因，想看看可愛的得得出來玩耍了嗎？

　　通常得得出來玩耍總是跟隨著牠的「媽媽」愛玲，得得在愛玲的面前像是歡樂的孩子，跑前跑後，有時還昂著皺皮的臉咬住「媽媽」的褲腳，耍起調皮。牠很少和牠「爸爸」出門，愛玲對安莉老人說，「爸爸」沒有耐心。喜歡得得的安莉有時還自己揣摸著，可能牠「爸爸」有偏心吧，因為他們家裡還有一個可愛的小女兒眈眈。有時也見到得得和「爸爸」出門，不過牠的心情就不同了，「爸爸」急於回家，得得慌著趕快撒尿

拉屎，兩個不知所措，好像都不開心。安莉有時在窗前看著就開始叨叨起來：「看這個『爸爸』，看這個『爸爸』，沒一點情趣。」

這天，在一場大雪之後，天氣變得異常的冷。吃過早餐後的安莉透過窗子看了看愛玲家的後院，可能是愛玲外出不在家，得得也失去了出門玩耍的機會，牠總是被懶「爸爸」放到被封閉的小小後院裡放放風，就得回家去待著了。安莉看到牠在院子裡跑來跑去，又回到後門那裡，嘴巴像是在哼叫著。老人覺得小得得有些可憐，天真的很冷呀。她擔心家裡沒人，走到前門看了看，通常愛玲家前面的車子不見了，就說明他們走了，自然家裡也就沒人了。這時車還在，她心想得得很快就可以進家了。可是過了一會兒，安莉再次走到窗後看得得時，發現牠畏縮在後門前，頭栽在自己的身上一動不動，像是被凍死了。她趕快走到前門一看，發現得得「爸爸」的車不見了。被嚇壞的老人一下子不知道該怎麼辦好，她想：會不會是他把得得放到外面忘了嗎？怎麼能忘呢，再說得得一直在叫，難道他聽不見嗎？他不至於故意的吧，當然不會。不過，他平日對得得就沒耐心，顯然是欠愛心，不負責任。老人自言自語道，這是犯法的，是虐待動物的行為。想到這裡，她給員警打了電話，把前前後後的事說了，並把得得「爸爸」的「虐待」行為控告了一番。

得得遭到「虐待」，員警肯定要管，按照虐待動物的條款，主人也會承擔責任。半小時以後，員警敲響了愛玲家的門。員警以為家裡沒人，沒想到開門的正是得得的「爸爸」。員警把安莉打電話的事說了，又問起得得的情況。他說自己把

得得放到後院撒尿，就開車出去買牛奶去了，不過時間不長，很快就回來了，沒有想做什麼對得得不好的事，而且牠沒有被凍死呀。員警要求看一眼得得，他就帶他們去看了。這時的得得確實沒有死，只是被凍得太厲害了，牠縮成一團，緊緊地閉著牠的眼睛。員警摸了摸得得對他說，你不能隨便把狗放在院子裡就離開，因為天太冷，如果凍死了牠，你要承擔有關法律責任的。

員警走了，他確實嚇了一跳。走到得得的小窩那裡，他仔細地看了看牠，又溫柔地摸了摸牠，感到有幾分內疚。沒想到把得得留在院子裡，會引起這麼多的麻煩。

這天他在單位忙了一天，到七點才回來，愛玲晚上也外出回到了家。不過，他回到家時沒有見到得得到門口來迎接，也沒有聽見牠俏皮的聲音，牠平靜地躺在牠的小窩裡，閉著眼睡去了，永遠地睡去了。

得得死了，是被凍死的。得得的「爸爸」和「媽媽」為此大吵了一架，愛玲掉了眼淚，只能把得得送去火化。她為牠買了一個小小的骨灰盒，讓牠能保留在家裡。

自從安莉打電話給員警以後，她就再也沒有見到得得出門，這讓孤獨的老人感到很不安。她又打電話給員警詢問情況，從那裡得知得得確實凍壞了，但是沒有發生什麼意外。不過，員警後來打來電話問過得得的情況，愛玲一家只能騙了員警，說是得得受涼病了，天太冷，不想讓牠再出家門。

得得的消失成了一個謎。

這段時間的安莉老人，每天早餐後都會去看看愛玲家的後院，有空就注意這門口的跡象，她好想有一天能看到得得歡快

的身影突然出現。可是一個冬天快過去了，她沒有等到得得的
出來。

　　在一個天氣轉暖的日子，安莉出門終於遇到了愛玲，她問
起她好想念的得得時，愛玲說，因為我們太忙，管不好牠，我
的一對很喜歡得得的夫妻把牠收養了，帶牠到了很遠的地方。

十三號樓的奇怪聲音

小說，是根據發生在蒙特利爾一棟居民樓的真實故事改編。

直到今天，這棟樓的房東和訪客，仍然不清楚這個奇怪聲音是如何出現和消失的。

——作者

（一）

七月一日，對於居住在魁北克這個城市的人來說，不僅僅是一個夏天最火熱的日子，也是一年一度的搬家日。街頭的搬家車載滿了家物，人們在離開過去的住房時，帶著一份對新居住地的渴望，將重新開始另一種居住感覺的生活。在城市街區的東面，並排地座落著一棟棟大樓，每棟樓建築式樣相同，都有二十套住房，像一家人的兄弟們一樣並排站立著，街道也因為這些順序排列的樓房，被稱為一街，二街，三街，一直到三十街為止。十三號樓房，就順理成章地排在第十三街。

十三號樓的側面，正好和城市裡最大的自然公園相依，出門走三分鐘的路，就可以在公園裡散步和觀景。這是唯一一棟和其他樓房建築不同的房子，顯得十分不協調。這棟樓建造的年代更久，只有四套住房，分別從一樓到四樓，一眼看上去十分「矮小」和陳舊，幾乎被前後的高樓遮擋住了。已經無從

去考證，為什麼整齊排列的三十棟樓房，只有十三號樓如此陳舊和「矮小」地保留在這裡，而且從這個「十三號樓」建成以後，前後那些樓房又是如何延伸出相應的樓號。聽住在附近多年的老人們說，這棟樓年代很久了，很早以前只有一層，是一個寬大的空房，蓋這個空房的是一個叫亨特的農夫。那時，這裡的大公園還是一片荒野地，距離城市有一段路程。不過荒野地的奇特風景，常常誘來一些年輕人到這裡遊玩。他們到荒野地附近的森林裡打獵，又回到荒野地燒烤。時間長了也成了他們談情說愛的地方。亨特就把自己原來住的小屋擴大了，建成了一個大房子，讓來人在那裡打通鋪過夜。老人們說，這棟樓後來又有了這麼一個故事，據說到了晚上，年輕人們常聽到外面黑熊的叫聲，野獸們吃完人們燒烤的餘物，就會到「大房子」來「串門」，透過窗子還可以看到牠們的身影。很多人來這裡過夜，就是為了感受這份夜深黑熊嚎叫的「奇觀」。

不管老人們說的這個「傳說」是真是假，這棟樓就由此保留了下來，而且成了這個區裡小有名氣的一「景」。多少年過去了，那些「傳說」沒有了什麼實際意義，這裡已經是城市的中心，周圍的大樓把它「淹沒」了，就像被手掐著脖子，樓房變得十分壓抑。樓房陳舊，陽光稀少，房租也相對便宜，很多學生喜歡選擇這裡居住，因為出門方便，離學校也近。四家租客來了又去，每年的七月一日這一天，總有搬出搬進的客戶。

這一天，大學生阿蘭和他的女朋友琳達搬進了十三號樓，住到了二樓。

（二）

　　二樓，在這棟小樓房的右側，是四個半的空間設計，有一個睡房，一個客房，一個小工作室和一個廚房。客房的一個窗子正好面對著大公園，一眼就能看到公園裡散步活動的人。阿蘭特別喜歡這套房子，或者說對這一景地特別感興趣。他是學文學的，正攻讀著地方民間文學的博士學位，一直在收集著關於這個城市的民間故事，關於這個樓房的民間傳說，在他孩提時代就多少聽到，他覺得置身於這個曾經有著傳說的小樓裡，會使自己感到更加浪漫，或許可以讓自己找到意想不到的靈感，雖說房子陳舊一些，作為學生根本不會在乎。女友琳達沒有這方面的想法，她的專業是社會工作，這房子和她的專業沒有直接的關係，但好像也有點什麼關係，她並不反對住在這個有著神祕「傳說」的小屋。

　　在搬入之前，阿蘭對屋子牆壁的顏色做了一番「遐想」的設計，從一進門的客廳開始，每堵牆由最淺白色開始，然後黃色，藍色，深藍色，到睡房已經變成了黑色。這種設計表達了他對這個「神祕」地帶的想像，再說睡房黑色，也方便於休息和睡覺。他選擇二樓還因為樓上樓下鄰居可能會讓他滿意。三樓也是一個上大學的男學生魁北克人，一個人居住。據說，他這人喜歡獨往獨行，連女朋友也沒有。樓下一樓，是同一天和他們搬入的一對夫妻，有一個孩子，還沒滿兩歲。樓上樓下顯然不會給他們造成煩躁的干擾。

　　搬入新房的第一個週末，阿蘭組織了一個學生聚會，感謝幫忙搬家的朋友，也為新居做一個小小的慶賀。經過幾天的收

拾，家也算有了一個樣子，東西基本擺到了該到位的地方，四間屋子的窗簾由淺色逐漸變深，像是從寬闊在走向神祕，走向他們睡眠的夜幕裡。最讓他們開心的，是剛買了音響，價格不貴，雖然是朋友轉讓的二手貨，但聲音效果絕對沒有問題，為新居快樂生活帶來一份驚喜。琳達是個特別喜歡音樂的女孩，她和阿蘭的第一次約會，就是在一個音樂吧裡度過的，她說自己就像有了毛病，只要紅葡萄酒和音樂一碰撞，心上的弦就會被彈起來了，這樣的狀態下和情人跳舞很美。阿蘭很愛琳達，他知道琳達對音樂的愛，其實就是女孩子的浪漫，他樂意滿足她，買了音響，搬了新家，幸福的夜晚不就在眼前了嗎。他還買了各種音樂帶，包括民間和一些怪異風格的，他自己也浪漫地想著，住在這樣一個「傳奇」的小樓裡，加上奇特風格的音樂，他們的小日子也會很有特色。

那天的聚會搞得很熱鬧，除了十來個同學和朋友，樓裡的其他三家人也有「代表」參加。樓裡的房客負責做燒烤，琳達招待著朋友們，阿蘭調試著音響，跑出跑進，幹著雜活。天漸漸黑了，音樂也越來越響，開始是抒情的，鄉村的；又變成激越的，爵士的；接下來各種怪異的音樂都上了。有朋友開始起鬨，要阿蘭和琳達跳一個接吻的愛情慢舞。阿蘭換了帶子，音樂也變了，一段溫柔的《愛你》的情歌把他們拉到了大夥中間。琳達已經有幾分她「喜歡」的那種感覺了，她感到自己很柔情，願意就這樣倒在阿蘭的身上。阿蘭更是興奮，他知道這一刻，自己就等於是一個王子。有人把燈放暗了，人們舉起了酒杯為他們祝賀。阿蘭摟著琳達，他感到她的呼吸離他越來越近，他的手也越抱越緊。旁邊的人喊著：「接吻」「接吻」。

阿蘭終於緊緊地吻住了琳達，他發現琳達的舌頭完全被他「擁有」著，眼前的一切凝固了。這時音響突然「咕」的一聲停了。所有的人都感到奇怪，這種掃興的事情，竟然就發生在最歡樂的一刻。阿蘭跑過去調整了一下音響，並沒有發現什麼問題，一切又正常了。一個朋友說，這音響不該是買的太廉價了吧，說完咯咯地笑了起來。阿蘭找不出什麼毛病，開著玩笑地說，我住進了「怪」屋，總該有點「怪」的懸念吧。這話一出口，大家都東張西望了一下，一個女生說，請不要嚇唬我們。

開心的夜晚當然要盡興，又熱鬧了一會，朋友都走了，只剩下了幾個房客。阿蘭非常感謝大家的到來，以後就是出門進門都會見到的朋友，他請大家多多關照。說話間，又談到了這棟樓。四樓的老人索菲婭說，她很久沒有聽到這麼響的音樂了，只是想告訴新來的兩家，她患有心臟病，睡眠是一個很大的問題，希望平時注意，不要放太大的聲音。她說著還不停地鞠躬表示歉意。阿蘭趕快解釋，絕對放心好了，兩個人都是學生，平時讀書也不會有時間的。三樓的男學生插話說，這房子夠老的，走路地板會響，說話都不能太大聲了，要不隔壁的人都能聽見，說完就笑了。琳達開玩笑說，我們就躲在被子裡說吧。說到這，老人索菲婭告訴大家了一個祕密，這棟樓的房東換了又換，在她居住的三年間，已經換了兩個老闆，聽說這房子已經到了「緊急」修繕的程度，可惜老闆們都不願花這個錢，都以買了又賣的方式，賺了錢就跑了。最後的房東落在了一個中國人身上。

索菲婭說，這個叫陳裕信的房東，帶著他的妻子從中國移民過來。來的時間並不長，聽說有點錢就把這棟樓買了。估計

是圖價格便宜吧，看了一次就出錢了，他們對房子的結構情況未必很瞭解。阿蘭說，或許人家買了又想再倒手呢。房客們談論這些沒有太大意義，天晚了，大家就回家了。

（三）

夜慢慢地深了。

裹在被子裡的兩個情人，正熱火繚繞。

阿蘭說，從民間雜誌上讀到，很早以前，在這樓房裡做愛的人，都可以看到黑熊在窗外觀望。據說黑熊能聞到做愛的汗腥味，總會像吃醋的年輕人來偷看。咱們正是在這個環境裡，會不會有黑熊來看我們呢？琳達把身子往他胸前擠了一下說，夠害怕的，牠最好別來，咱們就別做了。阿蘭說，那怎麼行，我要你啊。琳達說，那就在被子裡悄悄地進行，可能牠就聞不到了。阿蘭大笑起來，那是民間故事，你還當真呢。說著他一下子把琳達壓在了身下。一陣子狂熱後，阿蘭一身大汗，整個頭髮全濕了，他站起來開著玩笑說，黑熊快來吧，我們已經做完了，還走到窗前打開窗簾往外看。窗外是那樣的寂靜，前方的公園只剩下一片黑暗，他心想這麼平靜的夜，黑熊怎麼不出來呢？他多想有這麼一次奇遇呀。

這一夜，對於兩個年輕人來說，是非常幸福的。他們帶著開心的喜悅睡了。

夜後三點，阿蘭突然被砰砰的聲音驚醒，聲音時大時小，他試圖回過神細聽，這聲音是從樓上傳來的，他不明白這麼晚了，樓上的男學生還在折騰什麼。那聲音像是在電腦裡放著音

樂，打著鼓點，聽不見歌聲。翻了一個身看看天花板，他發現聲音就在上面的地板上「顫抖」，像是有一個喇叭正好放在床的上方，聲音急促了，又慢慢地緩慢下來。他沒有打擾身邊的戀人，猜測樓上的音樂聲可能與今天的聚會有關，樓上的男學生該是喝多了，忘了關掉電腦。想到這他的情緒也舒緩了，沒有走遠的酒意再次把他拉入了夢中。

　　第二天起來，就像什麼也沒有發生，那聲音也消失了。中午阿蘭在電腦前和一個朋友聊天，朋友轉發了一個視頻，說魁北克北部一個小鎮白天跑出黑熊，進了一個人家裡，偷吃了東西，竟然在院子裡睡起了大覺。視頻上看到那熊睡得很香，阿蘭笑了。他開玩笑留言說，黑熊把民房當作自己的家了，牠是民房家裡的「大哥」還是「女婿」呢？這家人該把這個奇遇寫成一個故事，最好把故事編成「傳說」色彩的。這個對民間文學充滿極大興趣的人，像是要在視頻中尋找和構思出一個「博士論文」的素材。說得高興，他拿出了一瓶酒喝完了，他到冰箱拿第二瓶酒的時候，突然聽到牆角的地板處，傳來了細微的震動聲，聲音時大時小。停住了腳，他細心聽著，好像確實有聲音，這聲音很像音樂的震動，很像昨天聽到樓上放出的音樂聲音。可是聽著聽著聲音消失了，又恢復了平靜。回到電腦前，他又看了看關於黑熊入屋的新聞，有關黑熊的事，像是在纏繞著他的心，他開始為博士論文的選材有幾分靈感，關於這棟樓房的傳說和黑熊，或許可以延伸出一個「傳奇」的民間文學的論文。想到這他情不自禁地笑了，笑自己選擇了一個還得自己「編造」的「傳奇」論文。

　　晚飯後，兩個情人到了公園散步，這是第一次作為公園

的「鄰居」走訪這裡。公園裡樹林密佈，割過的草地像一片綠洲，幾條穿過樹林的小道，把公園連成了一片，它並沒有什麼特別的不同。到了傍晚，人慢慢少了，樹帶著風的聲音到處亂竄，走在其中多少有一點淒冷的感覺。阿蘭想起了一個傳說故事，很久以前，有一個女孩在公園裡碰上了黑熊，因為女孩十分漂亮，牠實在不忍心害她，又不想讓她離開，於是蓋了一個小屋讓她住在裡面。不過黑熊的鼾聲嚇壞了女孩，她還是悄悄地跑了。黑熊們多麼思念女孩啊，希望和她在一起做最好的朋友。到了夜晚牠總出來尋找女孩，實在找不到了，就在她曾經坐過的木椅周圍，每天夜半歡歌。後來就有了黑熊串門的說法。琳達說，咱們趕快回家吧，要不黑熊把我當作那個女孩呢。她的話引來了兩人的一場大笑，他們匆匆地離開了公園。

進門後兩人躺在床上，發現有些不對勁。樓上的音樂聲震動著天花板，就像音響設備放在地板上，聲音很大感到煩躁，這樣是無法睡覺的。阿蘭看看時間安慰琳達，現在剛過十點，我們不能指責人家聽音樂。琳達說，昨天睡得很晚，想休息了。請求他放小一點聲音總可以吧？她的話也有道理，建議該是可以的。阿蘭輕輕敲了樓上住戶的門，把建議的想法說了。三樓的男學生說沒問題，不過他想了想又說，剛才並沒有放音樂呀。阿蘭不想聽他解釋，音樂一直在響這是事實，只要放小點聲一切都好了。回到屋裡，他說沒事了，樓上的人答應了。一把摟住了琳達。

夜，在慢慢地深沉下來。阿蘭摟著琳達一會兒就沉不住氣了，樓上的聲音並沒有減輕，而是隨著夜的深沉，更加興奮起來，聲音已經超過了他們兩人的忍耐程度。那聲音在擊打著天

花板，就是要和樓下的人「挑釁」。阿蘭一下子從床上爬起，他說，這怎麼行，我打電話給員警，太過份了。琳達看看錶說，確實已經過了深夜十二點。

很快得到了員警回應，他們將直接與樓上的男學生聯繫。半小時以後，員警告知已經通知了樓上，一切都會正常。夜半的聲音，讓他們和三樓的男學生第一次發生了衝突，阿蘭覺得自己做到了尊重，也是沒有辦法的選擇。員警回覆電話以後，他們試圖安靜地睡下，可是他們沒有能做到，因為從樓上傳出的聲音，並沒有消失，它在起伏中不停地跳躍著鼓點，剛才停了幾分鐘，接著又響了。阿蘭發現，音樂的鼓點在蔓延，出現在自己家的地板上，像是從地板下面震動出來的聲音，這聲音超越了樓上的響聲。琳達感到幾分恐懼，抱住了阿蘭，她突然冒出一句「天真」的話，樓道裡會不會有黑熊？這話一下子提醒了阿蘭，他迅速拉開窗簾往外看，平靜的夜，在靜靜地黑暗著，連樹葉都沒有動一下。這是怎麼回事呢，阿蘭讓自己平靜下來，他猜測還是樓上音樂聲震動引起的問題，這舊樓房地板鬆動了，可能響聲會連成一片，懷疑員警沒有把事情說明白。聲音和鼓點還在敲打著，夜已深了，聲音慢慢地斷斷續續起來，有時停了下來。夜讓疲倦的人們進入了夢中。

第二天因為忙於學校的事，晚上才回到家。這一天十三號樓的聲音並沒有消失，這是連續第三天發出的奇怪聲音。晚飯還沒有吃，三樓的男學生就敲門進來。一進門直截了當地說，員警找我了，我也說明白了，我放音樂沒錯，沒有在不容許的時間裡放，你們說的那個聲音吵鬧的時間，我已經睡了。我只能說對不起，大家都該注意。他的話直接乾脆，阿蘭傻了，那

窗子裡的兩個女人

042

是誰呢？他不好意思再往下問了。正在感到幾分尷尬的時候，一樓的女士瑪麗亞上來了，她一臉微笑地說，很對不起，我們有孩子，你的音樂能放小一點吧，已經兩天了，我和丈夫一直都沒上來說，實在有點受不了了，說著又客氣地笑了。瑪麗亞一家從斯里蘭卡移民過來，她帶著孩子沒有工作，丈夫在一家中餐館送外賣，一眼就看得出來，她是不願製造麻煩的人。這讓人奇怪了，阿蘭說我還指責三樓呢，怎麼你們一樓聽到的會是我們家的聲音？瑪麗亞趕快說，確實，確實這樣，聲音一陣陣的出現，你們家不會是在修地板吧？這不可能呀，剛搬來的新家，我沒事幹嗎。男學生也插話了，我就覺得奇怪，這聲音怎麼沒完沒了呢，好像一會兒來了，又一會兒走了，會不會是房子本身出了問題，房子內部需要修理呢？他的話一下子提醒了大家。是啊，阿蘭突然想起四樓房客索菲婭說的話，這樓已經失修多年了。最後大家說不出個結果來，決定再觀察一下，如果有問題，就和房東聯繫。

（四）

十三號樓的聲音變得有些奇怪了，幾個房客都聽到了，更奇怪的是，聲音來自不同的地方，時大時小，大家感到有些不安。

三樓的男學生回到宿舍坐不住了，屋子裡的聲音還在沒有節奏地響著，沿著聲音的方向走過去，又細心地聽，他想聽出聲音的源頭，聽出是什麼聲音。這個時候聲音正在浴室牆的夾縫中傳出，這幾天從來沒有注意到聲音會在這裡，聽著聽著他

突然明白了，男學生大叫起來，這明擺著是樓裡連接的暖氣管出了問題，暖氣管漏氣了。這絕對是一個發現，也絕對是一個危險的徵兆，他立刻拿起電話，撥通了房東的號碼。

樓房出現了奇怪的聲音，房東陳裕信已經知道了，前一天到樓房來就聽說了，只是沒有房客找上門，他也沒有多想。男學生的電話讓他才發現確實有了問題，說到可能是暖氣管的原因，他心裡多少有點犯愁，這可不是太小的事。放下電話，他和老婆姜玖說了，一下子兩人開始著急起來。

陳裕信在國內是開飯店發跡的，雖說是大學教育碩士，也做了幾年行政幹部，因為「下海」熱潮，在老婆的感召下，他不得不跟隨她開起了飯店，由此也發了點財。姜玖沒有什麼文化，小學生水準，就是喜歡湊熱鬧，開飯店也是看到身邊的朋友幹起來了，於是做了這個決定。不過她比其他的人做的更成功，因為她開的飯店非常特色，店名叫做「螺絲十道菜」。從小在河邊長大的她，吃慣了河裡的螺絲，在母親的手下，也學會了如何用螺絲燒出不同的菜色。她鬧著要開飯店，教育碩士的丈夫的功勞，就是想出了這個「螺絲十道菜」的點子。牌子一打出店門，生意大好，一年之後，又開了一家。陳裕信沒有想到，開飯店這個沒有讓他太長臉的事，倒發了財，姜玖也為此提升了在家的地位，成了說話有「權」的老闆。不過有了錢，他們並沒有太幸福起來，因為一直沒有生下孩子，檢查的結果，原因在老婆身上，而且無法治癒，這件事讓陳裕信大傷腦袋。儘管老婆說話大聲大氣，他心裡很不服氣，就算她會做菜賺錢，可惜女人不生孩子，再跳也是飛不起來的。

姜玖發現了這個問題，作為一個女人，她知道這是要命的

大事。她愛這個男人，他本份，聽她的，還有是個文化人。重要的是他已經表態，不管怎麼樣，他們都會在一起。她每天都在想，應該怎樣讓他高興，讓他感到他們生活充滿著前程，她知道只要她說的在理，丈夫總是點頭的，她必須做一件事，給他們永久的希望。她的想法果真找到了一條路：出國。姜玖想到出國，就像發現了一個新世界，她腰包裡有點錢可以做到，她相信丈夫一定開心，找一個「世外桃源」的生活，不是如同電影裡看到的夢想嗎？這件事得到了陳裕信的支持，他還有過幾天感激難眠的日子，把老婆不能給他生孩子的事全忘了。

他們以投資移民的身分出了國，出國花了不少錢，沒有想到的是，出國的「世外桃源」生活給他們帶來了巨大的壓力。陳裕信學的教育，到了加拿大等於零，教書要重新讀書，還要考上教育證書，英語對於他來說也忘光了；姜玖不可能開「螺絲十道菜」，這是啥玩藝呢，沒人需要品嘗，在國內時做老闆，現在還必須做生意才能解決身分，國外的生意實際上就是自己去打工，暫時又找不到什麼可做的。兩人憋在家裡朝思暮想，最後決定把全部錢投在十三號樓上，積累一點資金，也有個生活的來源。

買下十三號樓也是姜玖的決定，她急了，找了一個中國人的房屋代銷商，看了一次就下手買了。她的理由是：位置好就在城市裡，總有人租用；售價相對便宜，雖說近百年的老屋了，據說再用十幾年根本沒問題；她還多了一個心眼，這棟樓具備有「名勝」價值，或許還會增值呢。陳裕信沒有主意，買了樓心就不慌了，他一事無成，也算一個房東老闆，不去打工也不會太空虛了。

沒想到樓房買了不過兩年，他們剛剛安撫了急躁的心，現在開始出問題了。如果是暖氣管出問題，查找和修理這可花大錢了。陳裕信根本沒心思想原因是什麼，就問老婆怎麼辦？姜玖更沒主意，她說，怎麼辦，沒辦法。我們現在哪有錢呢，房子是貸款買的，錢還在付，咱們只能應付一下。陳裕信說，怎麼應付？你去看看樓裡是什麼聲音，如果聲音不太大，影響不大，把那些管道閥門緊一緊，我想過兩天就好了。姜玖的話說得那麼簡單。陳裕信急了，你是不想修理吧，這裡可不是中國，能混就混過去呀。那沒有辦法，你先去看看，房客看見你去了，不就等於你去修了嗎，至少也是個態度。陳裕信聽從了，他抱著一線希望，緊一緊那些管道門閥，能讓十三號樓平靜下來。

　　第二天，陳裕信從自家車庫裡找出了剛買的工具箱，和從大陸帶來的電筒來到十三號樓。敲開了男學生的家門簡單問了幾句，就走進了浴室。他聽到聲音確實存在，確實很像是暖氣管破裂的噴出的聲響。浴室裡沒有什麼可以讓他「緊一緊」的管道，男學生一聲不吭地陪著他，陳裕信說，我去地下室看看，可能問題出在下面。接著又到每一家看了一圈，到了地下室。他察看了熱水爐，又把周圍的幾個連接點緊了緊，眼前的一切對於他來說很簡單，都好像很正常。不過他似乎發現了一個問題，這樓房怎麼沒有暖氣管道呢？在整個地下室轉了幾圈，也沒有看到暖氣管道的影子。這個已經獲得教育碩士學位的人，不敢再往下想，因為關於管道問題並不是他的專業，他也一竅不通。他意識到的問題是，必須要請專業的人來查才行，除非這聲音突然停了。

不管怎麼樣，陳裕信去了十三樓，姜玖在家裡的心踏實了很多。她在桌上的菩薩像面前點了一支香，說了一堆話，連她也沒聽見在講什麼，總之菩薩保佑萬事平安。丈夫的話有一點仍糾結著她的心，奇怪的聲音確實存在，必須請管道工來才會有個說法。這一夜，他們發生了出國以來最嚴重的爭吵，姜玖說，買這個房子真是受了騙。

早上一起來，姜玖就翻開了華人小報，查找能修理暖氣管的師傅。陳裕信說，要不還是找當地的人吧，可能會修理得地道一些。姜玖不同意。理由是：人工費太貴，老外都是換材料，如果這樣，管道這麼長，錢不要花老了。她的想法很簡單，把漏洞補了就行。

（五）

經過幾天的時間，十三號樓的怪聲音讓所有的住家都不安寧起來。

四樓的老人索菲婭也開始出現了問題，她失眠了。因為心臟病的問題，她已經病休幾年，一個人住在這裡，聽說是暖氣管出了事，心臟的承受力突然變弱了，擔心萬一管道爆了，這樓不也就要爆了嗎？再說住在四樓，上下不方便，出事了她該是最倒楣的。失眠可是大問題，直接影響到心臟的休息，心慌起來怎麼辦呢。為這事，她敲開了三樓男學生的門。

男學生正為這事不耐煩著，他發現這個陳裕信做事不地道，根木不懂，也沒有放在心上，這事還得房客們聯合起來，給他施加壓力。趁著索菲婭的到來，男學生拿起電話打給了陳

裕信。聽到四樓老人為這事失眠，想到心臟的問題，陳裕信和姜玖慌了，當即答應立刻找人查看修理。

　　對十三號樓奇怪的聲音反應最不強烈的，該是一樓的瑪麗亞一家。她帶著不到兩歲的孩子，不管怎麼說，更需要安靜和好好休息。索菲婭問男學生，一樓沒有影響嗎？男學生說，見她上樓來說過一次，就再沒見到她和她的孩子，偶然看見她的男人進門。索菲婭的詢問提醒了男學生，他覺得應該把一樓的一家也拉上，一起對付房東。不過，他後來知道一樓的一家子，其實反應是最強烈的，瑪麗亞因為忍受不了這煩躁的聲音，帶著孩子住到親戚家去了。瑪麗亞身邊那個不到兩歲的孩子，睡覺時被那聲音驚醒過幾次，把她給嚇壞了，她自己也無法好好休息，男人出了個主意，先到親戚家躲避幾天，等沒聲音了再回來。男學生很同情，又感到無法理解，付了房租，樓房出了事理應抗爭，怎麼還忍受著悄悄離開呢。瑪麗亞的丈夫說，我們移民到這時間不長，又剛剛搬到這裡，真不知道該如何是好。他反而說，你們是本地人，聽說已經和房東聯繫了，我們一家跟著你們吧。聽了這話，男學生更是生氣，這不是跟著我們的問題，而是你自己的問題，是你要解決你家莫名其妙傳來的噪音，付了房錢要找說法，告發房東。瑪麗亞的丈夫聽著，一直在笑，很歉意地對著男學生笑。

　　最先聽到奇怪聲音的阿蘭，在幾天的噪音中反而變得「平靜」了，他沒有再向房東反映情況，更沒有和鄰居們談起此事。這兩天他家傳出的聲音確實小多了，他甚至擔心起這奇怪的聲音消失，因為有一件事在牽著他的心，他的民間文學的博士論文主題有了小小的靈感，十三號樓的民間傳說，在這段時

間不消失的「聲音」中，點亮了他寫作的燈。他天天坐在圖書館裡查詢資料，閱讀大量的傳說故事，回到家又從一陣陣的奇怪聲音中感受靈感，煩躁的聲音已經變得可愛起來。琳達覺得他有點神經過敏，樓房的噪音當然是樓裡的設備出了問題，不過，這件事確實給了阿蘭某種靈感，她不想打斷他的感覺，希望他寫出一篇漂亮的論文。

趟在床上，阿蘭摟著琳達說，這兩天查找資料，發現了一個細節，很多年前的那個農夫亨特，還有一個女兒，據說非常漂亮。傳說中黑熊常到「大房子」來「串門」跟她有關，現在就是找不到更具體的資料。阿蘭梳理著琳達的頭髮，吻了一下說，我的理解，該是一個愛情故事。愛情故事？琳達像突然有了靈感式的，你是說黑熊愛上了姑娘，如果你真能論證這個傳說故事的「存在」，博士論文就太精彩了，可以說填補了一個民間文學的「空白」。琳達的話讓阿蘭興奮不已，他一下子爬到她的身上，像一個叼食的老鷹，在她的臉上一口一口地吻著，接著坐在琳達的身上，兩隻手緊緊抱著兩個奶放開聲音說，親愛的姑娘，我現在就是那個黑熊，愛你。阿蘭的聲音很大，不過琳達並沒有感到驚奇，因為屋子裡的那個奇怪的聲音變得很響，像節奏曲一樣，阿蘭隨著節奏把那個黑夜劃破，伸向一個鋪滿星星的愛巢，他的全部愛，變成了彎彎的月兒在蕩漾，星星睜著眼在歡笑，琳達溫柔的呼喊就是星星的笑聲。做完愛，一對情人很快就進入了夢中。

這個夜晚很長，阿蘭記憶中的這個夜晚，他做了很多的「夢」，這些「夢」被撕成了碎片，他回憶起來了一些，而另外一些丟失了。

「夢」是從琳達突然不在身邊而開始的。阿蘭從床上爬了起來，查看了每一間屋子，不見她的身影，站在窗前往外看去，可以看見不多的幾個燈影，遠處的公園一片黑暗。他想起了做愛的事，是不是因為那股汗味把熊引來了，熊會不會把琳達帶走呢？阿蘭走出了門，獨自走向公園。人的記憶有時是模糊的，公園的樣子完全是模糊的，它變得很大，樹很密，找不到一條路，被野草覆蓋。阿蘭不懂，他仍然能走進去，看不見任何東西，卻知道樹林中的荒野。走著，他竟然聽到了人的歡笑聲，再往前走，發現是一群黑熊正在歌唱，他們的聲音完全如同人的呼喊。這一切分明沒有害怕和恐怖的感覺，阿蘭興奮地走上前。突然間，他發現有一個女孩坐在一棵樹木椿的椅子上，黑熊正圍著她歡跳，歌聲在歡跳中起伏。黑夜中他看到的是一片篝火，看到了一個從來沒有見過的，如此美麗的姑娘。阿蘭不知道從什麼地方找到了相機，對著姑娘拍了一張又一張照片。他忘記了尋找琳達，相信琳達根本就不在公園，他覺得自己分明就是來寫生的，到實地尋找素材。不過，阿蘭很快就迷失了方向，看見的一切變成了黑色的夜晚，再也記不清後來發生了什麼？

第二天阿蘭醒來時，已經十點了，全身疲倦不已。睜開眼發現琳達不在身邊，她已經到學校去了。他的「夢」還留著碎片的記憶，他慌忙地爬起來，在電腦裡記錄下了昨夜的「夢」。阿蘭一邊打字，還留神聽了聽屋裡有沒有什麼動靜，那個奇怪的聲音還在嗎？這會兒沒聽見，一切都很靜，靜得讓他反而不習慣了，打字都感到緊張，這聲音怎麼會消失了呢？

（六）

陳裕信和老婆姜玖商議的結果，是找一個暖氣管的中國師傅來檢查修理。這個中國師傅叫阿斌。聽說是房子暖氣管出事，從姜玖的嘴裡沒聽出個所以然來，就問陳裕信大概是一個什麼情況。沒想到得到的回答更讓他失望，他去了幾次，連暖氣管在哪也沒看到。阿斌想這房東也太糊塗，讀書人做老闆，只想著收租金吧。既然這樣，他對姜玖說，請她叫有關估房公司對房子做一個評估，修理起來也就不會走彎路了，免得多花錢。姜玖聽了當場拒絕，她說不就是熱水管的問題嗎，不要搞那麼專業了，在中國都是請兩人修理一下，付了工錢，最多再請吃頓飯唄。阿斌說，飯你就別請了，我是說如果去了一趟，修不修總得付錢吧，萬一是其他的問題呢？姜玖說，放心，不會有其他問題，除了材料費，你要多少？阿斌說，因為檢查管道很麻煩，時間也占得多，通常去一次不管結果如何，要付二百元左右。說「二百元」三個字時，他稍微咯噔了一下。姜玖見他這麼說，就強了一句，一百八吧，我也不容易。

站在一邊的陳裕信，正木呆著，他腦子裡只有一個想法，聽老婆的，他不知道熱水管的問題到底是誰發現和確定的。阿斌對著姜玖笑了笑，二十塊錢能幹什麼，你是大房東啊，姜玖堅定地說了一句，就這樣了。

阿斌肩負著一個大責任，在姜玖的心裡那個奇怪的聲音，就靠他「制」住了。鬆了一口氣，她對老公說，其實這樣算下來還可以，如果只是一個洞的問題，一百八十元也就打發了，再加上幾十塊錢的材料費。陳裕信說，是還可以。不過萬一不

是一個「洞」的問題呢？姜玖一下子煩了，還會是什麼問題，面對一個破「洞」，你這男人那麼不自信。

　　事情果真不出阿斌所料，他沒有在十三號樓發現什麼足以震動樓房的熱水管，整個樓的熱水系統，不過是幾個熱水爐。幾分鐘之後，他再也找不到什麼需要他做的工作。當然，房東還得付出跑路費一百八十元。阿斌也無法解釋聲音的來源，肯定與熱水管無關，他說必須要請估房公司評估了，否則，問題無法解決。

　　阿斌的檢查結果讓房客失去了信心，他們紛紛打電話給房東，要求立刻請專業機構檢查修理。在電話裡，姜玖那口「爛透」的法語，只能讓房客聽懂「感謝」「對不起」的字眼，在房客眼裡，這是什麼話？我們要的是解決問題。接著就是陳裕信的解釋，聽了半天，什麼也沒有解決，像是走過場。最後房客的電話只能是「砸」下來，他們煩了。

　　事情走到現在，姜玖真急了。那個不消失的古怪聲音，成了他們出國「奮鬥」的惡夢。她想到曾經幫助他們出國，在國外生活二十年的張太，打電話求助。張太說，這沒什麼害怕的，房子是你的，壞了就得修理，面對吧！不過她開玩笑地說，「十三」這個數字在這裡不是太吉利，當地人也多少有忌諱，你們買樓沒注意到這個數字嗎？一句開玩笑的話，姜玖聽了嚇壞了，晚上她又燒香了。陳裕信知道老婆就信這些東西，使勁安慰，她哭了一場，在她心中撩起的話，這棟樓房不該毀了加拿大之夢，她咬咬牙，還是把這句話咽了，她愛這個老公，她是一個不會生孩子的女人，出國不就是她送給老公和她的夢想。

　　這個晚上兩口子終於有點明白了，看來在加拿大發生的事，最好還是按照加拿大的規矩處理，必須要找估房公司了，時間也拖了下來，更多的麻煩還可能找到頭上。陳裕信點著頭說，是這樣啊，要不怎麼從根本上解決問題呢，房客都是老外，比我們更瞭解法律，出了什麼事，對我們不利啊。他們決定要找專業公司估房了，兩人有了統一的決定。

　　第二天陳裕信就聯絡了估房公司，很快那邊就同意來人，不過，這次他們還得付估房費用二百元。姜玖一口就答應了，陳裕信說咱們講講價吧，姜玖說算了，老外的價沒法講，人家專業處理，問題解決了就行，我們付錢。

　　這頭房東萬分著急，那頭房客已經無法忍受了。三樓男學生首先失去了信心，他決定聯合房客告發房東打官司。他起草了正式的文件，寫了情況，請幾位房客簽名。四樓的索菲婭老人首先簽字，她心臟不好，心裡不能裝事，這幾天的睡眠都靠安眠藥支持，她已經無法忍受了。二樓的阿蘭沒有反對，他知道這事只能這樣了。他心裡明白，如果打官司，要時間，要等待，可能打不下去呢。因為房東也不可能不解決呀，這畢竟是他們的房子，生錢之物，沒準兒官司還沒有打事情就解決了。就是一直找不到一樓的瑪麗亞，自從房子有了奇怪的聲音，她就帶著孩子到親戚家住了，這讓男學生很生氣，大家的事，她怎麼一點不操心呢。找到瑪麗亞以後，她還是簽字了，簽字時她還虛心地道歉，說自己孩子小，又不太瞭解情況，簽完字，又回親戚家了。

　　男學生積極組織這樣做，其實有自己的想法，說實在的，和房東打交道語言不通，她怎麼想的也不清楚，而且拖著時間

不解決。他想到了一個問題，這個月的房租還要交嗎？最近讀書忙，放假期間打工掙的錢有限，自己本身就是窮學生，既然房東這樣，就不交一個月的房租，看她怎麼樣。想到這他很開心，不過這事只能他自己做，如果聯合房客，房東肯定受不了。他知道自己是告發房東的起草人，或許是會有效的。他毫不猶豫地把留著大家簽名的告發文件寄了出去。

再說四樓的老人索菲婭，她的生活經驗告訴她，打官司是件麻煩的事情。她的身體不佳是現實，她想來想去只有一個比較有效的辦法，就是打電話給九一一，讓員警的壓力促使房東儘快修理。於是她把房東告到了員警，一口氣把事情都說了。

這回，員警來了，管不管得著嚇壞了房東；打官司的信也讓他們驚恐起來。加拿大的房東如此難做，如此受氣，姜玖和陳裕信終於縮起了頭。

估房公司的人終於來了，他們需要搞明白十三號樓的結構，狀態，材料，年代和問題所在。有資料也有檔案，經過幾個小時的評估，他們沒有發現大的問題，就是有的那些小問題，也是可以暫時克服的。他們納悶的是，關於奇怪聲音的問題，他們沒有發現，也沒有解決。可以肯定一點，這聲音的出現與水管道毫無關係。

二百塊錢的評估，還是沒有解決問題，讓姜玖唯一感到安慰的是，樓房不會因為「管道問題」爆炸了，這是多麼可怕的想像，已經在她心裡沉重了多日。

那奇怪的聲音到底是怎麼回事呢？

事情到了現在，還有誰能幫助解決？

在姜玖和陳裕信的請求下，估房公司的人第二天又來查了

一次。為了負責，也因為感到奇怪，他們這次又細緻地對設備做了複查。還免費提供了服務。其結論如同第一次的，沒有發現大的問題。

這一天，對於十三號樓的房東來說，該是多麼沉重。姜玖站在菩薩面前，心裡有一種前所未有的迷惑，那個奇怪的聲音為什麼能衝破「科學」，專業的檢查都毫無結果，難道這裡面真有「鬼」嗎。她問丈夫，關於十三號樓的「傳說」該是發生了什麼真實的事情？難道房子地下，還住著那個傳說的亨特一家嗎？是不是他家的熱水管出問題了？姜玖的話嚇了陳裕信一跳，哎呀，你不會瘋了吧，怎麼瞎說八道呢。他也急了，說，咱們把房子賣了。姜玖轉過頭說，賣給誰？現在這個樣子怎麼賣。我要問你，樓房裡的奇怪聲音，到底是從哪裡來的？

（七）

十三號樓的奇怪聲音沒有消失，隨著一天天的過去，多少也傳到了外面，這聲音的「奇妙」也成了阿蘭博士論文的「炒作點」，學校對他的這篇奇妙的論文充滿了期待。估房公司的無能為力，讓他的寫作興奮點達到了高潮。更讓他感到奇特的是，琳達告訴他，那天晚上他做的夢，該是一個真實的「相見」，因為他夢遊了，琳達親眼看見他出去了，後來又回來自己睡下了。夢遊，果真是這樣嗎，阿蘭聽母親說他小時候就會這樣，只是長大了，就不再發生過。那天的出去，加上他所查閱的資料，像一幅圖畫在慢慢地顯影出來：在很久以前，農夫亨特有一個女孩，是那片林子裡唯一的美女。黑熊們和她的相

遇，成為牠們最美好的時刻，牠們多想成為她最好的朋友。她走了，成了林子裡黑熊們每個夜晚的思念。後來，黑熊有了一個習慣，在夜深的時候，會情不自禁的來到人家居住的地方，甚至在那裡休息和玩耍。牠們以為在那裡會見到女孩，居住的人家該是牠們的朋友。這是多麼精彩的民間傳說啊。阿蘭拉著琳達往公園裡跑，說帶她去看一個真實的情景，那情景正是他夜遊那天見到的。真的嗎，琳達好奇極了。阿蘭開始重複說起在電腦裡記下的話，「人的記憶有時是模糊的，公園的樣子完全是模糊的，它變得很大，樹很密，找不到一條路，被野草覆蓋。」「這一切分明沒有害怕和恐怖的感覺，阿蘭興奮地走上前。突然間，他發現有一個女孩坐在一棵樹木樁的椅子上，黑熊正圍著她歡跳，歌聲在歡跳中起伏。黑夜中他看到的是一片篝火，看到了一個從來沒有見過的，如此美麗的姑娘。」他還在朗讀著，他們跑進林子的深處，彷彿迷失的方向，來到了有一片深迷的空地，空地中間果真有一個樹木樁的椅子，一個真實的木樁椅子，這就是美麗女孩曾經坐過的木椅（在蒙特利爾的那個公園裡，有一個樹根木製椅子。成了傳說故事的根據。）阿蘭打開筆記本尋找他寫下的文字，真的啊，是真的。親愛的，阿蘭好深情地說，你知道魁北克的黑熊為什麼至今還有進入農家的習慣嗎？牠們餓了是假，是因為有一個傳奇的女孩在牠們心中啊，很久以前就留在牠們心中，是一段精彩無比的民間故事。阿蘭的話一出口，琳達瘋狂地叫了起來，太傳奇了，太民間了！愛你，我的民間文學博士。接著兩人擁抱在一起，他們高興地哭了。

這天晚上，一對情人早早地上床了。他們沒有做愛，也沒

有說話，他們都在靜靜地聽著。地板上又傳來了奇怪的聲音，這次的聲音好像是從樓下傳上來，聲音變得柔和了，柔和的聲音好像知道樓下是有小孩子的家庭。阿蘭在想，他的論文該寫下什麼名字。

　　和他們想的不同，三樓的男學生給房東打電話了。他問這件事下一步怎麼辦，怎麼解決；他說因為聲音的干擾讓他讀書變得更加煩躁；眼前還要往下拖時間，唯一的補償就是不付下個月的房租，否則，你只能違約搬走，還要繼續他們的官司。陳裕信在電話裡百般歉意，事到如今他也拿不出具體的主意，他表示一定解決，再給點時間。他按住電話問不付房租的事怎麼辦，姜玖點頭說同意，就這樣。男同學果真如願不付一個月的房租了，不過他加了一句話，就算我個人的要求吧，我們學生太窮了。陳裕信還是不停地謙虛歉意，因為他已經沒有辦法了。

　　生活中的很多事情是奇怪發生的，奇怪這兩個字，讓人明白了一個不可預知的驚奇和無奈，姜玖和陳裕信算倒楣。他們現在已經變成了聽天由命了，姜玖的香燒了一把又一把，請求「奇怪的聲音」留點情，後來還求家裡沒有電話響，電話聲讓他們感到恐懼。就在他們毫無主意的那幾天，四家倒楣的房客再也沒打電話來。他們哪裡知道，一樓的瑪麗亞住在親戚家，和老公偷摸地又懷上第二個孩子了，哪有心情過問；二樓的阿蘭正準備出爐名叫《亨特女兒的傳說》博士論文；三樓的男學生免了一個月的房租，已經夠滿足了；四樓的索菲婭老人，使出了最後一招告了員警，她也只能聽天由命了。

（八）

平靜的幾天，靜的有點可怕。

陳裕信悄悄地問老婆，那個奇怪的聲音是不是停止了。姜玖說，靜了，你不安心嗎，求它靜下去吧。陳裕信趕快說，過日如度年，過了一年一切都會好的。女人比男人更容易忘記昨天，平靜的日子裡，姜玖開始做起了她的拿手菜「螺絲十道菜」之一的「辣螺」。這道菜的特點就是爆辣，湯也爆辣，因為螺絲的特別味道，喝湯吃螺，再加上白酒，如同大補，臉紅脖子粗，做男人的吃了性欲劇增。這天，陳裕信吃了很多，這天晚上才突然想起已經快一個月沒動老婆了。他問老婆今天「情況」如何。姜玖說，平靜度過。陳裕信說，不和我做愛？姜玖說，不平靜怎麼做愛。聽到這話，陳裕信趕快洗澡，等他做完後突然問老婆，你今天做愛連澡也沒洗嗎？姜玖說，我洗澡的時候，你都昏了。

又是一天的開始。

阿蘭一夜沒睡，在電腦前打下最後一個字，他知道他的論文《亨特女兒的傳說》初稿已經完成。他盯著電腦的畫面，突然聽到微微的音樂聲在響，昨夜他一直沒有聽到那個奇怪的聲音，那聲音怎麼變成了音樂，是他熟悉的那首《愛你》的情歌。或許是寫作太細心忽略那個聲音，竟然忽略了一個晚上。他站了起來，輕輕地向著音樂聲的地方走去，那聲音還是在變著調地震動著，那聲音就在他的客房裡，就在那個音響的地方，他蹲下來看了看，輕輕地在開關處動了一下，突然，聲音消失了，音樂聲消失了。阿蘭覺得奇怪，他已經聽習慣的，那

個奇怪的聲音也消失了。

又過了一周，房東家沒有收到任何房客的電話，也沒有人找到他們。又是一個月，受不了平靜的姜玖終於坐不住了，親自來到了十三號樓。她一眼就看見了三樓的男學生，姜玖試著尋找什麼話題，男學生匆忙地說，謝謝你給我免了一月的房租，輕鬆多了，那個告發的傳票我已經撤銷了。姜玖說，那麼，那聲音？男學生說，已經消失一個月了。說完就往學校走去。那個奇怪的聲音消失了一個月，她竟然一點不知道，那麼聲音是怎麼出現，又如何悄悄消失的呢，她更不知道。站在十三號樓前，她盯著那道門，突然感到一片空白，不敢再進去，回過頭駕車走了。像是在逃跑。

住在這棟樓的人，也沒有人知道。或許大家認為樓房的「熱氣管」已經修好，不再漏氣了，沒有了聲音，就等於一切正常了。不過，二樓的房客阿蘭知道，他知道的竟然如此意外，也如此的精彩。

「我愛你」

（一）

　　葉敏的生活很平淡，選擇出國，她成了單親母親，帶著一個女兒，男人也和她離婚了。日子一過就是十年，國外的生活不容易，她不知道能做好什麼事，只想努力去賞識自己可以做的工作，在一家電子工廠裡，當了一個流水線工人。

　　說實話，這工作和她在國內做經理秘書是有差距的，工資和待遇也無法比。不過，她喜歡國外不一樣的經歷，是一種「創新」，她個人認為對孩子的成長有好處。女兒丹丹出國，記住的一件事就是好好讀書，不辜負媽媽的期望，自己一定會有一個更寬闊的未來。當然，現實並不像葉敏想像的那麼簡單，這些年感情上一直是一個女人，單一的工作，帶著疲倦的身子回到家，又要照顧孩子，枯燥的生活，等到夜幕降臨時，只剩下一個寂寞的身子，很是孤獨。有時，她會緊緊摟著女兒像相依為命的母女，對女兒說著，媽媽是最愛你的，你可要好好成長。女兒也每次都會點著頭說，知道媽媽，我也愛你。

　　春天來了，這年的春天來的暖和一些。早上葉敏打開郵箱，有一張名片卡，上面的圖片是這個城市街道的景色，繁華而熱鬧。再往下看，寫著她的名字，後面有彩筆寫的三個字「我愛你」。是誰寄來的呢？葉敏有點驚喜，又感覺有點莫名

其妙，看看發信的郵戳就是本市的，可惜沒有留發信人的名字和地址。她盯著三個字看了很久，對女人來說，這三個字畢竟很有誘惑，十分好聽，她感覺心跳的厲害，一時不知所措，只好把它放在床頭前。

不知道為什麼，躺在床上的她睡不著覺了，這張名片卡撥動了她的心。出國這些年生活並不複雜，可以說單調和乏味。平常生活的圈子很小，有幾個中國人，都是結了婚或很一般的朋友，根本不可能。再說，這三字寫的是英文，字體也很像出自老外之手，這倒讓她多了幾分遐想，會是在一起工作的老外嗎？想到這，她有些興奮，其實，無論說自戀還是感覺，和她在一起工作的質撿員赫拜，都一直掛在她的心上。幾次他邀請她和女兒去吃中國餐，又帶她們去滑雪，表現出的對中國文化的興趣，讓她感動。特別是他專門跑到唐人街買了真絲的圍巾送她，還很「業餘」地解釋著中國人對真絲的「崇拜」和文化，她更是無法忘記。葉敏想著笑了笑，不明白後來怎麼沒有和他迅速好起來，他們之間似乎一切都很愉快，倒有幾分小小的遺憾留在她的心裡。

（二）

葉敏每天上班都會見到赫拜，從收到那張名片卡後再見到他，整個感覺全變了。她最大的感受就是，赫拜悄悄地盯她看的時候多了，每次見面的笑臉也變得溫柔很多。葉敏故意問，最近在忙什麼。他說，沒忙什麼，倒是好久沒約你去唐人街吃飯了。葉敏說，下次該我請你了。他說，那怎麼行，請到你也

不是件容易的事，我一直都在想呢，就是還沒好意思說出來。赫拜的話讓葉敏聽出幾分味道，心想，這話兒什麼意思，他該是留名片卡的「嫌疑人」吧。

　　幾天後葉敏又收到的同樣的明信卡，不同的只是圖片畫面變了，是這個城市邊上那條最著名的河流，彎曲的像一個美女的身子，春天的景色，十分情趣。葉敏的情緒不知道為什麼，也隨著卡上的「我愛你」三個字，蕩漾起來，她的心似乎變成期待，也變的有了生機。丹丹像是知道了，眯著眼睛說，媽媽這兩天看著你好高興。媽說，你怎麼知道。丹丹說，你臉上的表情告訴我的，都有點放光了。媽說，真是這樣嗎，她有幾分按耐不住地說，媽媽也該有自己的新生活才行啊。丹丹問，什麼新生活。媽說，讓自己開心呀。丹丹聽了很高興，說，你的生活一定會開心的，我為你高興。

　　讓葉敏沒想到的是，之後的一段時間裡，收到的「我愛你」名片卡越來越勤的，一週一次，有時一週三次。她坐不住了，興奮之餘，有了想和赫拜見面的衝動，想和他好好談談，如果真有可能的話，她準備戀愛。

　　有了感情動力，葉敏膽子也大了，見到赫拜主動露出了笑臉，還正式地邀請他去吃唐人街吃飯。赫拜非常開心，他真沒想到有這樣的好事。說實話，赫拜對葉敏早有暗戀之心，但是平時看她沉默寡言，也很嚴肅，帶著孩子匆匆忙忙，一直不敢問她的個人生活，只是聽說和中國的丈夫分開了，他心裡有些緊張，葉敏主動請他，這似乎是一個很好的機會。這次葉敏沒有叫女兒，她想摸摸底，看赫拜怎麼打算的，等一切有了說法，再通報女兒。

在飯店裡，他們談的十分熱烈，超出了她的想像。先說起工作上的事，赫拜說，很滿意自己的工作，業務十分順手，還悄悄地告訴葉敏，他可能很快就要提升一級。葉敏說，雖然自己對工作談不上喜歡，作為移民，做好一件事也不容易，她也認了，平平淡淡過日子吧。赫拜很欣賞她的說法，他說，你現在有一份工作，能把孩子帶好，也是很了不起的母親啊。葉敏聽著，心裡很舒服。接著，赫拜又說起對葉敏的印象，他說，特別喜歡中國女人的文靜，在工廠裡總是看到她那樣安靜和踏實地工作。說興奮了，還情不自禁地給她往碗裡夾菜。葉敏聽著，注視著他的表情，還想著「我愛你」名片卡的事，一直在克制著自己的情緒，她想明白眼前這個男人如何「表演」的。不過，她聽著聽著有些控制不住自己了，眼前的男人給她很多愛慕的心。他們敬著酒，臉都紅透了。葉敏終於說出了口：她說，那三個字是你寫的吧。赫拜說，我寫的什麼，他想了一會兒反問，你是說……。她說，名片卡。赫拜說，噢噢，關於什麼？她說，你寫的「我愛你」。赫拜說，是嗎，是啊，我真的很愛你！我就是要跟你說這個呢，他的神情變得很激動。葉敏覺得很害羞，再沒往下問。這天他們都喝多了，葉敏把自己生活的事全說了，赫拜把自己的想法也都吐露了，他們的情緒舉止和熱戀一模一樣。

那個名片卡到底是赫拜發出的嗎，葉敏還是沒有確定，沒想到過了兩天又收到了新的名片卡。這次的圖案是城市公園裡一條小道，悠長地延伸進一片花園，十分浪漫。丹丹跑過來問什麼名片卡，葉敏給她看了，把最近一段時間發生在家裡的「名片卡事件」全說了。丹丹聽完後說，這多好啊，有人這

樣愛你。我也很幸福呢。媽說，我一直猜測這人是誰，確定不了。丹丹說，肯定是最愛你的人呀，你感覺到身邊有誰對你最有愛心呢？媽說，我想了很久，你還記得那個赫拜叔叔嗎，上次請我們去吃飯的。我估計是他寄來的。丹丹驚歎了一下，當然記得，不就是那個教會她滑雪的叔叔，她心目中的帥哥嗎。不過，她肯定地說，不會的，他怎麼不留位址呢，可以直接說啊。媽說，前兩天請他吃了一頓飯，他說了很愛媽媽，要想和媽媽好呢，媽現在也動心了。說著，葉敏臉又紅成一片。丹丹真沒想到發生了這樣的事情，做夢也沒想到，她喜歡這個叔叔，如果媽媽真和他好了，她會舉手贊同。她突然有了靈感，喊著，名片卡就是他寄給你的，肯定。

（三）

　　葉敏和赫拜戀愛上了，他們之間都感覺很好。這些天葉敏沒有再收到名片卡，她想，因為那個名片卡已經把他們拉到了一起，現在他們幾乎每天都會見面，赫拜已經沒必要再寄名片卡表白了，他的「目的」也達到了。每當她見到戀人的時候，就想起名片卡裡的三個字「我愛你」，心裡萌生出一種想法，不想再詢問赫拜名片卡的事，這是多麼浪漫的開始，多麼美的一段情結，如果有一天他們都老了，再來解開這個祕密，又該是多麼欣慰。

　　初夏的時節，花兒爭豔，開的好美。這天葉敏打開信箱，突然又看到了一張名片卡，圖片上畫著一家人，兩個大人和一個孩子正在公園裡玩耍，下面還是寫著「我愛你」這三個字。

不過，這次多了一個位址。葉敏往下看去：「166號，哈塞大街。」她自語，這個地址不對啊，怎麼是自己家的街道門牌號碼，怎麼會從自己家裡寄出一張名片卡給自家人呢？她再往下仔細看，下面留下了一個名字：「葉丹丹」。這不是女兒的名字嗎，是她的名字。葉敏一下子糊塗了。

這張名片卡確實是丹丹寄出的，葉敏收到的所有卡都是女兒寄的。此刻，她正走在放學的路上。她在想，一直留給媽媽的驚喜，今天要給出一個結果了。

這些年，對於她來說，家就等於是媽媽，因為生計關係，媽媽很辛苦，性格越來越孤獨，常常看到她沉默無語，有兩次在半夜裡被她的哭聲驚醒，丹丹心裡不知道該怎麼辦。前不久，在學校裡聽老師講過一個故事，說以前有一個苦難的母親在她生活非常絕望的時候，收到了一封信，信裡只寫著幾個字「母親，我是你前世的戀人，未來的寄託」，下面畫了一組畫，第一張是一個剛生下男孩躺在母親懷裡，最後一張是他成為一個真正的男人，回家時擁抱著母親。母親收到信後才知道，這是兒子寄給她的，非常感動和驚喜，兒子說，您要有信心，我才有希望啊。她一下子明白了，為了這封信，必須勇敢地生活了下來，後來兒子長大後成了一個軍官。丹丹從故事中得到了很大的啟發，突然想到給媽媽郵寄「名片卡」的事，她沒花多少錢，買了一疊名片卡，就這樣做了。後來她發現媽媽的心情發生了變化，有了活力，心情好了，很是開心。不過，丹丹沒有想到的是，這件事引發了媽媽和赫拜的一段愛情故事，這是她從來沒想到和預料到的。

回到家，媽媽和赫拜也剛進門。丹丹悄悄地走進了自己的

屋裡，打開電腦，她開始寫那篇「我和我的父母」的作文，這是老師佈置的作業。她覺得自己寫得十分流暢，也很有感覺，很快把「名片卡」的故事全部寫了出來。

不知何時，媽媽和赫拜已經站到了屋門前，盯著這個美麗可愛的女兒。丹丹站了起來，說，現在讓我讀一篇「我和我的父母」的作文吧，她興奮地朗讀著，葉敏的眼眶濕潤了，赫拜緊緊握著媽媽的手。當丹丹讀出了最後的三個字「我愛你」時，媽媽走過來把她抱在懷裡，只聽見他們不停地說著「我愛你」、「我們愛你」。

我是謀殺者嗎？

（一）

　　加拿大這個人口稀少的國家，平時在一些城市的街道上，很少看見來往的人群，姆嘎，就是這樣的小城市。張融的家就住在這裡。

　　傍晚，他有一個散步的習慣，作為一個流水線工人，每天一坐近八小時，經常感到腰酸背痛，就靠晚上的散步來解乏了。週五下班晚，完成了一周的工作，晚飯後他拖著疲憊的身子走在離家不遠的小道上。空氣清新幽靜，三月的夜幕已經覆蓋了整個城市，沒有一個人，他想著出國時間不長，語言存在障礙，就找到一份幾乎不說話的工作，心裡很滿意。走過一輛轎車旁邊，他發現車窗開著一半，裡面坐著一個人，頭低垂著，旁邊的座椅上還放著一個黑包和手機。他退了一步，心想這人可能睡著了，仔細地看了一下，聞到一股酒味，還喘著大氣，他猜測這人是喝醉了，沉睡在這裡。張融從來沒遇到過這樣的事，不知道如何處理好，想把他推醒，覺得不合適，他想在這個安全和平靜的小鎮子，應該不會發生什麼特別的事。他下意識地感到，因為自己遇見了，眼下就成了當事人，總要有一個做法，要麼給員警打電話，要麼通知他的家人。張融想了好一陣子，十分猶豫，自己語言不通，並不懂國外的「規矩」

是什麼，一時也沒有什麼好主意，他看了看周圍，沒有任何人影，根據在國內的經驗，這種事最好是「回避」為佳。想到這，他決定立刻離開，反正這裡不會出什麼事，也很安全，醉酒人醒了會自己回家的。他轉頭走了，迅速地回到了家。事實上，他想的不是沒有道理，不說等於沒看見，沒看見就等於與自己無關。這一夜張融睡的很死，一周的幸苦工作，讓他澈底放下了心。

第二天一個懶覺醒來，老婆柳真告訴他外面出事了，對面街口一個男人昨夜醉酒猝死在車裡。什麼？張融又問了一遍。他說，怎麼可能。柳真說，怎麼不可能，猝死就是一會兒的事情，聽說那人是一家公司經理，人緣特別好，怎麼會死在車裡呢。這下子張融澈底醒了，心想會是自己見到的人嗎，記得當時還喘著氣的，太嚇人了，好像這事和自己粘上了。他趕緊穿好衣服向外跑去，想看個究竟，是不是昨晚那個地方。果真就是那裡，那一片已經被員警圍住了。

張融走近那裡，還站著幾個人，他們正在小聲地議論著那件事。

一女人說，他平時很少喝酒的，昨天是因為工作的關係。員警說，酒精並沒有達到禁駕的要求。主要是之前工作太累，聽說連續一個月每天都工作十幾個小時。旁邊的男人說，真是可惜，就死在家門口，如果旁邊有人或家裡有人出來，就不會發生這種事。另一個女人說，其實就該是他準備下車回家的瞬間發生的事情啊。張融沒有再往前走，房屋門口有幾個員警站在那裡。

張融聽著，低著頭，腦子裡發生了激烈的鬥爭。他明白，

昨天相遇那個男人的時間，正是「交接點」，如果他幫助一把，那人就可能不會死去。想到這，他打了一個冷顫，覺得已經犯下了大錯，犯了罪，至少也可以說是「過失殺人」的罪名，這可不是小事啊，多麼可怕。他頓時眼前一片空白，好一陣子才緩過來。張融首先想到的是害怕，自己這個家本身就是移民外族，他和他的老婆，無依無靠，對外面的法律又是一竅不通，一旦說出去了，不知道會怎麼處理，這可是澈底完了。他有意識地看了看那幾個人，又看了一下附近的住房，這裡都是鬆散的住宅區，沒有高樓建築，連攝像頭也沒有，他一聲沒吭，悄悄地離開了。

張融沒有對老婆講昨天所見到的一切，他想好了，無論如何也不能講。他沉住氣，對自己小聲發誓，永遠都不對任何人說，永遠。感謝這個寧靜的城市，昨天發生的一切，只有他一個人知道。

（二）

這件事很快就平息了，因為屬於自然意外死亡，不涉及社會暴力或謀殺，那條街也恢復了平靜。隔壁鄰居朋友和工作單位的人，在他去世的街道樹前，堆放了鮮花，以示悼念。那幢房屋裡不再有男人，只剩下母女倆，和她們悲傷的臉。

不過，張融的家裡確發生了小小的變化。

張融突然病了，整個精神垮了，嚴重失眠，吃不下東西。這兩個病狀足以讓他垮下來，沒有幾天消瘦了很多。柳真要他去看醫生，開始他拒絕去，說是因為工作太累，壓力大所致，

後來抵不住去了醫院，醫生幾經檢查找不到原因，開了一些簡單的藥，建議他尋求心理醫生，開了假條，讓他回家休息。對於尋找心理醫生的說法，張融的心裡是抗拒的，這樣的醫生會幹嘛，害怕自己抵禦不了醫生的「疏導」，把事情辦壞了，就對老婆解釋說，在中國我從來沒見過什麼心理醫生，不可能有什麼心理問題，國外就是瞎猜測。柳真說，你生活在國外，就聽人家的吧，她說服不了丈夫。張融說，你瞭解我，不就是這邊生活壓力太大。柳真說，那你自己努力克服吧。老婆的這句話，讓他心也平靜了一些，他不想接觸任何人。

　　不過，張融的心裡一直惦記了那家人的情況，老婆不在家時，他悄悄地出去，他也買了鮮花送去。他站在離那家不遠的一棵樹後，小聲的祈禱著：大哥，走好了，我真錯了，一時糊塗讓你丟掉了生命。原諒我吧，我沒有勇氣站出來，真的很害怕，剛到這裡沒多久，這個機會對於我來說不易啊，還有一個家呢。說著，他哭了。在家裡，張融心神不定，有時他會感到恐懼，擔心有一天員警站在面前，甚至想到了獨自出走。不過，一切都沒有發生，那人已經埋葬了，就在城市的墓園，他看到那個母親牽著孩子從他家門走過，和平常一樣。

　　病假時間完了，必須開始工作。張融的心已經完全散了，工作經常出問題，表現出嚴重的憂鬱情緒，只能辭去工作，再次回到家中。不僅如此，和老婆的關係也發生了變化，他無心感受夫妻感情，沉默寡言，脾氣很大。老婆也因為他的失業，開始到處尋找工作。

　　張融的恐懼心，變成了一種莫明其妙的不安。按理說，事情發生了，總該有一個瞭解和搞明白的過程，特別是在異鄉他

國，法律制度和各方面都不一樣，這樣才能面對，可惜張融沒這樣做。他常常會情不自禁地走到那家人對面的小林子了，站在那裡盯住那個母女倆人的家。那天，他看見那女人獨自坐在門口的石板上，不時地遙望著遠方，又不停地擦著眼淚，他的心像碎了一樣，也痛哭起來。他萬萬沒想到，這時，一個女孩的手拉住了他的衣角，說，叔叔你哭什麼？張融被嚇了一跳。轉過身趕快擦去眼淚，她發現眼前的女孩正是那家女人的孩子。張融不知道說什麼好，就說，叔叔在想念一個人。女孩說，誰啊？他說，你不知道。女孩說，我也想哭，爸爸死了，再沒人帶我去玩雪滑冰了，說完，大大地眼睛盯著他看。張融一下子摟住她說，不幸，真的不幸。女孩那雙大眼睛深深地刻在他心裡。

柳真終於找到一份工作，他們決定搬到離工作地更近的地方。這意味著張融把自己的煩惱之心，可以從此放下了，至少沒有太多的機會來到那個小林子了。雖然他心裡有說不出的矛盾，但是，這畢竟是最好的選擇。

新的環境，在客觀上給他帶來了一些「安撫」。他仍然沒心上進，無法幹好工作，只好找了一份飯店打掃衛生的閑活。不過，張融的內心沒有變，腦海裡揮之不去的那件事，繼續在強烈的刺激著他。自從見到那個女孩，常常聽到孩子對話的聲音，看見她那雙大大的眼睛，深深地刺激著他的心，他幾次動搖，想去警察局，說明情況，想去見當事人表達歉意。但心裡始終有一個「疙瘩」，就是害怕。最後想到了一個可靠的做法，找一位中國人律師，先把情況問清楚再說。那個律師也是留學生出生的，他先問，你感覺在國外做律師要容易點吧。律師說，相對規範一些，也不容易，有些事律師也很難辯清。他

說，你主要做哪些方面的法律訴訟呢。律師說，我的客人主要
還是中國人，因為比較瞭解大家的背景和生活環境。他剛想出
口說自己的事，又收回去了，非常猶豫，一旦向律師說出了情
況，表達了這種情緒，肯定他會知道，或猜測到。張融覺得律
師太瞭解中國人的心態，這樣做倒成了不打自招了。於是，又
放棄了。時間一天天過去，轉眼一年了。張融決定去墓地看看，
他希望這個懺悔會得到老天的原諒，他不停地對自己說，確實
無意的，真是無意的，從一開始就是這樣。去到山上，大片的墓
碑，開車幾圈都沒找到，車子開過墓園管理辦公室的門口，他
停住了車，猶豫了很久，還是沒有進去諮詢，發動車離開了。

　　張融不知道自己最終該如何懺悔，讓自己釋放出來。他做
了很多事，都沒有做下去，害怕兩個字狠狠地壓著他的頭，承
受著長期的精神痛苦。他躲在家裡查看各種法律問答，經過很
多的瞭解，終於有了一個自己的「判斷」，國外的法律是琢磨
不定的，因為自己只有綠卡，最大的可能是被趕出這個國家，
想想這一年來的痛苦和心理負擔，他對留在這裡也完全喪失信
心，回國也沒什麼，可能是最好的擺脫。想到這些，他最終決
定自己一個人去見當事人家屬，把事實真相說出來，相信只有
這樣，他的精神才能獲釋，心情才會改變，生活才會重新開
始。張融終於踏上了老路，他準備面對眼前的一切。

（三）

　　張融去見那家人了，他沒有對老婆說此次行動，只想告訴
她最後的結果。

　　站在在那棟樓的前面，他發現整個院子有了變化，門前的花草乾枯了，地上落滿了樹葉，顯然有一段時間沒人管理了。大門一側掛著一個牌子，房子正在出售。他從隔壁人家的口中得知，這家母女因為沒有經濟條件支付貸款，房子已經被收回。她們搬走了，搬到了另外一個城市。

　　張融盯著這龐大的房屋看了很久，連眼珠也沒眨一下。他感到一片模糊，一片茫然，腦子裡一片空白。整個記憶消失了。只有這幢樓聽見他在喊，「我是謀殺者嗎？」「我為什麼要殺了你？」這聲音在不停地重複著。

　　他被送進了精神病醫院，確證為有精神疾病。張融從此忘記了這件事，這件事也不再有人知道，而他的老婆更是莫名其妙，逢醫生就問，他的病因是什麼，為什麼就這樣病了。

墓誌銘

　　尼古拉是一個修女，住在艾拉嘎這座小城市的修女院。這幢小小的樓房，生息著她生活的全部內容。她和修女索琳娜住在一間屋裡，個子矮小，很瘦，說話的聲音也很小。但是，居住這個小城市的新移民幾乎都認識她。因為她幫助的人太多，而她自己一身清貧，是修女院最老的人了。

　　她年紀大了，不得不住進醫院，大家都很關心她，送來一些鮮果食品。儘管這樣，她還總是推辭，說自己吃的少，又把這些東西送了出去。她說過，她的一生就想做一件事，幫助新的移民們，讓他們提起生活的勇氣，要生孩子的，尋找工作的，請求社會幫忙的，甚至有心理痛苦需要說話的，都是她的朋友。現在，她終於不行了，身體十分虛弱。躺在醫院裡，和好姐妹索琳娜，談起了自己去世後的安排。她小聲說著，請求死後，做一個小小碑文，寫上幾個簡單的字，這是她唯一的心願。索琳娜點著頭，沒有問她要寫什麼，或許她會問修女院的姐妹們，該為一位值得尊敬的老人寫點什麼。人要走了，總有一些最後的期待和想法，尼古拉走過來的一生大家都知道，索琳娜掉下了眼淚。想想她為大家做的事，怎麼寫也不過份啊。不過，當這個資訊傳到修女院裡，姐妹們還是感到有些詫異。因為按照她一貫的生活態度，不大可能這樣做，尼古拉早就留過話，死後骨灰就撒在移民社區的那個公園的河流裡，認它流

去。她沒有什麼錢，所有的錢都幫助了移民朋友們。

事實上，尼古拉就是這樣想的，她對索琳娜說的是真話，而且，就要做一個碑。敬老院開始悄悄組織姐妹們捐款，滿足尼古拉生命最後的願望。

尼古拉的身體越來越衰弱了。索琳娜再次去看她的時候，她談到了墓碑的文字。她說，這是一個作為紀念的碑文，是一個教誨，我一生的想法，想讓所有的姐妹，包括朋友們都記住它。索琳娜說，知道了，我們會很好珍惜的。她說，上面請不要寫我的名字，生平，時間和其他的話。索琳娜說，知道了，您不願意告訴人們您做的那些事。她說，做墓碑不要大了，開銷的錢應該沒問題。索琳娜說，知道了，心想大家一定會湊夠錢，做好的。她從枕頭下拿出一個信封，說，我走了再打開它，就按照裡面說的做吧，請把這幾個字刻在上面。索琳娜接過信封，低下了頭。

修女院這位最受尊敬的老人走了，姐妹們和移民社區不少人為她哭泣。那些在她幫助下出生的孩子們喊著，要見奶奶。

索琳娜打開了那個信封。這顯然是一封陳舊的信件，裡面有部分增加的文字，還有一張五千塊錢的支票。信的最上面是尼古拉留下的字：

「碑文請寫下面這些文字：『人的一生就是為困難的人做點事。——茹麗特‧古絲琳的話。永遠懷念的母親。』這事情請求你不要告訴任何人。」

紙條的下面還留著幾行字跡不同的文字：

「尼古拉，我要走了，我會很安靜。請不要給我做墓碑，就記住母親送你的這句話吧：人的一生就是為困難的人做點

事，這是最美好的，也希望姐妹們都這樣做。這是我一生剩下的最後一點點錢，把你從貧民窟帶出來，這些年你做了好人，幹了很多作為母親非常欣慰的事，這錢就留給你，等你老了，不能動了，用得上。——茹麗特・古絲琳。」這是母親留給尼古拉的最後一封信。

索琳娜盯著看了很久，茹麗特・古絲琳是這個修女院的創建人，她們最長老的「母親」。大家都知道，她的一生沒有家庭，沒有愛人，沒有孩子，為窮人做了一輩子好事。尼古拉平時總是說，要記住和感恩這位創建了修女院的「母親」，是她給了我們做人的思想。索琳娜終於明白了，尼古拉要在墓碑上留下這句話，沒有寫自己的名字和生平，寫的是茹麗特・古絲琳的名字，「永遠懷念的母親」，顯然是為了茹麗特・古絲琳，讓人們記住她，記住她留下的話，尼古拉在離開這個世界的時候，想到的還是別人，感恩母親。尼古拉說過，不給自己立碑，她是用自己的一方小小的地方，為茹麗特・古絲琳和所有熱愛這位「母親」的人留下永遠的記憶。

索琳娜和修女院的姐妹們按照尼古拉的遺願做了，沒有多添一個字，那個小小的墓碑留在陵園裡，沒有人能讀出尼古拉的名字和生平，記錄的是一位母親和她的教導。只有索琳娜知道墓碑後面的祕密，知道這段催人淚下的故事。

手背上的「翠花」

（一）

　　馬克有自己的生意，和藝術有些關係，開著一個不大的紋身店。這兩年北美喜歡紋身的人越來越多，他的生意有了發展。紋身的內容也在新的「時髦」潮流中變化。馬克發現，很多人喜歡紋上中國字，或者有中國特色的圖案，像一個符號，一個別致的標誌，非常時髦。他買來一些中國字圖樣，模仿著寫畫，字的意思不明白，就查字典，逢中國人就問。馬克發現，這樣的做法非常艱苦，而且也根本不能滿足顧客的需要，心裡很是著急。有時他在想，怎麼這城市裡的中國人，就沒有進他店的呢，他聽有人說過，正統的中國人家庭，是不太喜歡紋身的。因為沒有時間專門去學中文，他期待著一份運氣，如果有一天一個中國人進來，一定抓住不放，交個朋友，學些中文。

　　這天，進來的一個叫威廉的當地人，請馬克給他紋四個字「愛你翠花」。這可是難住他了，平時偶然為客人紋一個簡單的中國字，比如「人」「大」「中」「龍」等等，自己可以查一下字典，知道意思後，湊合模仿。眼下這麼多字，什麼意思也不知道，他一時感到很為難。馬克瞇著眼睛說，能給我一些時間熟悉一下這幾個字嗎，他尷尬地笑了笑。威廉說，可以啊，這字是女兒寫給我的，我也不知道怎麼寫，當然可以理

解。馬克說，你知道字的意思嗎？真不好意思，我正準備去學一些中文呢。威廉說，後面兩個字是我女兒的名字，前面兩個字，是說「愛」的意思，他說的好像挺明白的。馬克說，你的女兒怎麼取中國名字，還寫成中文。威廉解釋說，翠花是我到中國領養的孩子，已經過來幾年了，到這裡後一直在中文學校學習，想讓她知道更多中國的事。馬克也學著他說著「翠花」兩個中文字，兩人都笑了。馬克說，你很愛她吧。威廉說，是的，女兒是一個漂亮和聰明的孩子，特別親近我們。說著，威廉突然想起一個主意，建議馬克去見見女兒，不管怎麼說，女兒在中文學校待了好幾年。比他們更懂中文，她會交馬克如何下筆。

這個邀請，成了馬克的一件驚喜的事情，他渴望把這幾個字比劃學懂，紋在身上好看，更想多懂幾個中文字，現在有了啟蒙老師，不過，他萬萬沒想到，自己的第一個老師可能就是一個十來歲的孩子。

（二）

見到翠花的時候，馬克覺得十分開心。翠花屋裡的牆上，屋頂上，貼滿了她寫的中文字和畫，染著各種顏色，一些畫還很有想像力。其中有一組龍圖，特別吸引馬克，各式各樣狀態下的龍，不同的姿態，還保持著童趣，栩栩如生，有很強的「塗鴉」色彩，正好是紋身圖案喜歡的風格。這些年，中國經濟大發展，龍圖文化，也是北美的大熱點，很多人都以龍圖紋身，非常流行和時髦。他盯著翠花看，一個小學生，長得那麼

秀氣，總是笑著，單單的眼皮，高高地往上翹著，笑起來細細的一條線，好可愛。見到馬克，她有點擺小架子地說，這麼幾個字你都不會寫啊，好吧，讓我來教你，我還可以教你更多的中國字。馬克發現，翠花一直坐在床上，她的頭髮掉光了，一塊有些透明的圍巾戴在頭上。她請馬克就坐在床邊，說，這樣「上課」比較方便。

　　翠花用她的小手，在一個筆記本紙上畫著，不停地講解著，馬克都驚呆了。她這樣善談和熱情，中文字寫得好看，用中文說，又用法文翻譯出來。馬克問到牆上那些字畫，翠花說，都是我畫的，爸爸說我來自中國，那邊歷史可長了，又來到這邊，我的想像力一定會很強，她表現出很自信的樣子。馬克說，我太感興趣了，想學如何畫龍，客人們都喜歡紋上這個圖案。翠花說，那好，你把牆上喜歡的龍圖拿下來吧，送給你。馬克說，那怎麼行，這些都是你的「代表作」啊，只能觀賞，不能動手。翠花笑起來了，大喊著，爸爸過來，快過來聽聽。威廉從廚房過來說，翠花，有什麼好消息要和爸爸分享，說著，抱住她的頭吻了一下。翠花說，馬克喜歡我的龍圖，你說我能送給他嗎。威廉看了看馬克說，這說明你畫得很好，有人欣賞了，當然可以送啦，你可以再畫。翠花對馬克說，如果我畫的龍圖能紋在人家身上，我會很高興，因為把中國龍搬過來了。馬克說，是啊，我會告訴他們，是一個翠花小朋友的作品，是她教我的。翠花開心極了，想要下床來，威廉摟住她說，翠花，今天已經很興奮了，該休息一會兒，你還沒吃藥呢，說著，從桌上拿藥讓翠花吃了。翠花收回了身子躺了下去，馬克發現，翠花的臉色變得多出了幾分疲倦和憔悴。翠花

的聲音開始緩慢了一些，她還想往下說。馬克接過話說，我會抽空到這裡來學習的，你就做我的老師吧。翠花笑了，不過沒有像剛才那麼精神。她說，比如畫龍圖，還要知道龍是什麼，加拿大可是沒有這動物啊。坐在一邊的威廉說，看看我的女兒，就這麼有靈性，爸爸同意了，好好做馬克的老師吧。他給翠花拉了一下被單，說，休息吧，馬克下次再來看你。

　　走出翠花的屋子，馬克問起翠花的身世。威廉說，領養翠花花了不少精力，從申請到最後見到孩子，用了整整兩年。關於她父母的資料是沒有的，因為是從收留所領養的。馬克說，翠花身體有問題嗎？威廉說，是的。當年確定收養她的時候並沒有說到這些，在我們去到那邊時，才從介紹的資料中得知她患了白血病。當地部門建議我們考慮是否決定最後收養，或許考慮收養其他的孩子。那時刻，我們的精神幾乎崩潰了，真的不相信，無法接受，多麼盼望見到女兒，做夢都想，翠花這個名字每天都在我們的口邊掛著，我們已經從心裡完全認同了這個可愛的孩子，想念和喜愛，怎麼可能換另外的呢，我和老婆當場就表態，一定要見到翠花。當見到孩子的那一刻，就不再可能放手了，立刻決定收養她，無論她病怎麼樣，都是我們的孩子。馬克聽著，心在怦怦直跳，他急切地問，後來呢。威廉說，這些年我們把她送進醫院，想法設法給她治病。翠花這孩子很聽話，很聰明，很開朗，我們覺得自己的選擇是對的，她是我們深愛的女兒。馬克這次意外的機會見到翠花，也覺得自己對她有一種情不自禁的喜歡，他願意和翠花交朋友，幫助她，向她學習中文，做她的好叔叔。

　　誰也沒有意料到，馬克的生意竟然在一個十歲孩子的幫助

下，變得更加紅火。他紋出的中國字好看，畫有特色，這個小小的祕密，他沒有說出來，但是，內心裡對這孩子充滿感激。一段時間，翠花的身體突然不好，住進了醫院，馬克有空就去看她，每次去都給她買喜歡的東西。翠花也總是用她憔悴的聲音問他，那些紋出的字畫有人喜歡嗎？他們是怎麼說的？

（三）

面對翠花病情的惡化，威廉又要給孩子轉院了，到另外一個城市，選擇更好的專科醫院。臨走前，他請馬克在胸前紋上了「愛你翠花」，完成了他的願望。馬克說，這是在翠花的幫助下，紋的最漂亮的中國字。翠花對馬克說，她已經和爸爸媽媽說好了，等病好轉了還會來，喜歡馬克叔叔，和他在一起，自己也會很自信。馬克聽著，沉默著，心裡有說不出的難受，翠花是他作為一個成人，最年輕的朋友，也是最好的朋友。他說，他等翠花，他的店又要擴展了，等以後翠花來給他當經理。走的那天，全家人在一起吃了飯，都對著翠花笑，馬克跟著笑，看見翠花也笑起來時，他們的眼淚都掉下來了。翠花的心是樂觀的，想的很簡單，她不久就會回來。

這個漫長的冬天，翠花住在醫院裡沒出來，她憔悴的身子終於沒有頂住寒冷，躺在爸爸媽媽的懷裡離開了這個世界。翠花的離開讓父母無比傷心，威廉躺在床上發高燒也起不來了，他們多麼懷念自己的女兒，也多麼需要心理的平復。

自從轉院到另外一個城市以後，因為忙於給孩子治病，心情不好，威廉和馬克的聯繫就很少了。馬克也因為生意越來越

忙，顧不上打聽，有時他會想起這個可愛的女孩，專門把翠花的生日在日曆上畫個圈準備這天請快遞送上一個大大的禮物，他一直在想，應該買個怎樣的禮物，讓翠花和他都滿意。

這一天終於要到了，馬克急於和威廉打電話，想把事情先通報他們。可惜他得到的消息，讓他澈底崩潰了，翠花剛剛離去。他大哭了一場，自責自己忙著工作忽略了關心翠花。立刻放下工作，跑去幫助威廉辦理了她的後事。

本來想好好給翠花送上禮物的，現在只剩下深深的遺憾和自責，他無法表達這個孩子短短生命中給他的感動。坐在工作台前，他拿著每天都使用的筆，不停地寫著「翠花」，一張紙寫滿了，都是她的名字。馬克突然想到，要在自己的手背上紋上兩個字「翠花」，這樣，他工作隨時可以看到，顧客也時刻可以看到，是對翠花最好的紀念。他開始在手背上紋了起來。

馬克紋出的中國字畫越來越有名了，每一個客人都會問到他手背上的兩個字，他總是說，這是一個中國女孩的名字，這些紋身的字畫是她教給我的，她叫「翠花」。客人問「翠花」的含義是什麼，是一種漂浮在海面上青綠色的花。後來，翠花的名字越來越有名，很多客人也在身上紋下這兩個字：「翠花」。

為什麼不把鑰匙還給我

　　週六，是周雨特別高興的日子，剛出生的小孫子從醫院回家了，洋媳婦給家裡生了一個「洋娃娃」，特別好看。第一次當上爺爺，一大早匆忙開車出門，去兒子家探訪。

　　兒子住在一個叫巴比諾的小鎮子上，幾個月前曾經去過，大樓的位置還記得，只是具體的門牌號說不出來，一路順利，很快就到了。在路邊停下車，從車裡拿出大包小包的東西，有媳婦愛吃的水果，兒子喜歡的餃子，給孫子買的新衣服，周雨還準備了一個紅包，放了一百塊錢，這是孫子的壓歲錢。他出國也有些時候了，感覺這會兒很像回到了中國，像老子看兒子的傳統方式，心裡樂滋滋的。

　　站在大樓前，周雨想了一下，到底是哪道門呢，這是新蓋的大樓，每個套房的格局都一樣，好在每道門旁邊都有兩扇落地窗子，周雨決定挨個「查看」，兒子家裡的擺設是知道的，再說，也可以順便問一下鄰居。第一道門顯然不是，屋裡的格局都不一樣，第二道門比較相似，周雨往裡看了看，順手扭了一下門，是鎖著的，也不太像，手上這麼多東西，感到有些不方便。他想到乾脆給兒子打電話，不過，又突然想起，兒子家的門窗上有一個中國年畫圖，是上次來時貼上去的，正好是自己的本命年屬相猴子。想到這，他又往前走了幾步，果真看到了，找到了家門。

兒子一家正在等著呢，周雨把帶去的東西一一作了介紹，爺爺進門也圖個大家歡喜。接著趕快把小孫子抱在懷裡，親了又親。媳婦也安排了他的「差事」，正好該給孫子餵奶了，爺爺可以感受一下愛孫的幸福，於是，他拿著奶瓶盯著孩子餵了起來。兒子說起了他們的家事，做新父母的甘苦，周雨也一再祝福，對兒子的成長是滿意的，工作不錯，有了孩子，做老人的也放心了。時間過的很快，媳婦給大家準備好了餃子，大家開始了午餐。

　　剛吃下兩個餃子，周雨的手機響了。對方說是警察局的，要他到停車的地方見面，他立刻想到可能停車錯位罰款了，急忙問有什麼事。對方說，撿到了一串鑰匙，可能是你的。什麼，周雨愣住了，怎麼可能，他記得非常清楚，鎖了車門後，還專門用手拉了一下才離開的。不過，員警說的很確定，那把鑰匙是開周雨車門的。這下子他全糊塗了，趕緊套上鞋出門去見員警。

　　員警正等在那裡，問他，你叫什麼名字。他說，周雨。員警說，這是你的鑰匙嗎。周雨說是的，請問，是我失落在地上了嗎。員警說，有人撿到的，這是你的車嗎。周雨說，是的。員警要了他的駕照，行車證等做了登記。接著說，你到這裡幹什麼。周雨說，看小孫子，又補充了一句，生下來後第一次到兒子家來。員警說，你兒子住在這幢樓裡。周雨說，是的，第三道門進去。員警說，那麼你為什麼會去到其他家門前，還扭動了人家的門。周雨有點懵了，想了一會說，因為記不得具體的門牌號，所以，走錯的門。員警說，你能把你兒子叫出來嗎，我想和他說一說。周雨感到有點煩躁，心想，已經看了所

有證件，把鑰匙給主人不就完了，怎麼那麼複雜。他沒有選擇，只好把兒子叫了出來。沒想到的是，員警把兒子喊到一邊單獨詢問起來。周雨蹲下了，從包裡拿出一根煙吸著，他無可奈何地等著，不一會，他又情不自禁地點了第二支煙，快吸完的時候，看見員警走過來對他笑了笑，沒有再詢問什麼，只說了一句話，祝福你家小孫子健康，祝你好運。把鑰匙遞給了周雨。

員警走了，感到困惑的他追問起兒子，他都問你什麼。兒子說，他們要證實你到我這裡來這一事實。周雨說，真有點荒唐，這是人家個人的事，說的很清楚了。兒子說，因為你到了另外兩戶人家的門前，還扭動了人家的門，這個動機員警要搞明白。周雨一下子驚呆了，他們怎麼往這方面想呢，不可思議啊。兒子說，你的鑰匙就是在扭動門的時候掉下的，屋裡的人看見了。周雨說，既然他看見了，可以打開門幫助一下，問我找誰，把鑰匙給我，兒子就是鄰居呀，這人怎麼這樣不友善呢。兒子說，人家打電話給員警了，說是有人想進他們的家，按照法律規定，這種行為在沒搞清楚動機前，要立案調查的。還算好，我們的事實都很真實。周雨頓時無語了，回到家，那盤餃子也都冰涼了，沒有心情再吃。他想對兒子解釋這個讓他很難理解的事實，後來還是沒有說出來。兒子是在加拿大長大的，他對員警的做法不會感到奇怪，對他來說，這完全是無事找煩惱，那個鄰居真有毛病，無聊透頂了，他想，這就是文化差異吧。

周雨搖了搖頭，對著兒子媳婦說，真搞不懂，那人為什麼不可以把鑰匙還給我。

媽媽，讓我走吧！

（一）

　　凱莉的家就在雜貨店街對面的大樓，住了很多年了，店主王淳透過店鋪的窗子，就可以看到她家的涼台。她們是最好的客戶關係，也是最好的朋友。

　　凱莉是義大利人，五十有餘，沒有男人，有一個二十三歲的兒子跟著她，因為孩子吸毒的緣故，常常都待在戒毒所。她工作做的不很多了，每天都會到店裡買一小瓶紅酒，獨自坐在那個涼台上自樂。這種叫「莫佳」的酒是本地出產的，比店裡的紅酒要高出幾度，也略甜一些，雖然，這酒幾乎只有她買，每天一瓶，對於雜貨店來說，也是很重要的買賣。凱莉每天到店裡時都會和王淳聊一陣子，經常送來她做的義大利麵。她對自己熬製的麵醬很自信，據說用各種肉類骨頭熬製湯水就要大半天，和其他人做的風格不同，喜歡放更多的胡蘿蔔，青菜和洋蔥，吃著清爽健康。

　　這天，凱莉又送來了義大利麵，還附上了特製的義大利cheese（乳製品粉），她說這調料是在專賣店買的，放在麵裡攪拌後，味道特別，兒子最喜歡吃，這是他最愛的家庭義大利麵。說到兒子，王淳說，你真是一個好媽媽，總是為他想，她問，兒子怎麼樣。凱莉說，他明天出戒毒所，這次戒毒情況不

錯，她有信心地笑了笑。王淳說，我見過他，可陽光帥氣了，很有禮貌。凱莉有些開心，說，大衛這兒子就是帥氣，挺像我的吧。王淳說，是的，很像媽媽，出來後打算做點什麼。凱莉說，他想去讀一年電腦網頁設計，就安心做這事。這孩子性格內向，安靜，從不惹事，就是因為染上了吸毒，已經進了三次戒毒所，希望這是最後一次啊。王淳說，肯定的，他既然想好了自己的未來，一定是下決心的。凱莉多買了一瓶酒，說，明天可能顧不上下來了，和兒子大衛好好在家裡說說話。

　　大衛回來了，小伙子一進自己的屋子就哭了。轉過身抱住媽媽就說，再也不幹那事了，還喊著，愛你，媽媽愛你。凱莉也放開了大哭起來，她說，孩子哭吧，媽也哭，我們就澈底釋放一下。哭完，大衛坐在媽媽身邊，凝神看著牆上的照片。那些都是媽媽為迎接他回家，精心粘貼上去的。他和凱莉，還有朋友們在一起的很多照片，有一幅畫，是他小時候在座椅上吃義大利麵時拍的，大衛一臉都是麵醬，一手拿著叉子，像一個小貓似的盯著前方。他笑了，說，現在又可以吃媽媽做的麵條了。說到這，凱莉站了起來說，媽給準備好了，還專門配置了你喜歡的佐料呢，媽知道你從小就喜歡這個。兒子和媽媽又擁抱在一起，他們感到一身的溫暖。下午的時候，王淳在店裡看到了樓上涼台母子倆談笑風聲的情景，那個搖晃的椅子，搖啊搖，蕩著凱莉的幸福時刻。

　　大衛回來後按照計畫，很快進入了課程，二十三歲了，這次讀書拿到文憑，他想找一個地方，自食其力，讓自己獨立，不再躺在媽媽的懷裡。放學的時候，又專門來到雜貨店裡。他知道這些年，小店如同媽媽的第二個家，有事沒事都到這裡走

走。他對王淳說，感謝她對媽媽的關照，又說了很多自己的打算。王淳看著眼前的小夥子，那麼年輕，聰明和陽光，她說，這裡也是你的家，有什麼難處不開心的事，我們也會盡力幫助。這一年大衛咬著牙完成了學業，開始在一家公司幹活，有時在家裡接活。他不停地警告自己，把時間占滿，占到不能有其他想法的狀態。

（二）

　　大衛的新生活仍然是十分艱難的，畢竟年輕，他覺得自己的抵抗能力那樣脆弱。工作之餘，特別是和媽媽待在家裡，看著母親的臉，他常常悄悄地掉淚，有一種強烈地歉意感，也為自己身心的疲憊困惑。那天夜裡，躺在床上，一種莫名的難受讓他難忍，說到底，還是一個疾病患者，腦海裡跳出兩個世界，活著多沒意思，那些撕碎心地場面和刺激浮在眼前，想起來害怕，真想吐，可又想走進去，把自己身心脫光才好；又想起母親說過的話，太年輕了孩子，就想著有媽，堅持生活下去。大衛拿起枕頭砸在地上，撕破它，滿屋的棉花飛物，視線完全模糊了，他覺得有了釋放感，那一夜把自己折騰的澈底累了，昏睡下去。這事發生後，凱莉沒有吭聲，她的心很痛，她已經經歷過多次兒子這樣的行為，只是這次間隔的時間長一些，但是，這次發生的事，讓她的糾結，再次提到了無可奈何的狀態。

　　為了克服焦慮和煩躁的心情，大衛試圖和所有與毒品有關聯的朋友斷絕關係，可惜，那個週末的夜晚還是跟他們走了。

在下班回家的路上，收到一個資訊，中學的好友阿蘭約他到酒吧喝酒，很久都沒見面了。大衛想了想說，我已經不去酒吧很久了。阿蘭說，很久不去，難道不想去和同學聚一下。大衛知道，這些朋友並不是以前有過吸毒經歷的人，那種人他是堅決不聯繫的。不過，他實在感到有些不自信，害怕所有產生的機會。他說，我真的不去了。阿蘭說，你知道今天可是我的生日，很開心想見到你啊。你的生日，阿蘭反問了一句，他猶豫了一下，再找不到推辭的理由，決定去了。

喝起酒來，就等於無形中多了催化劑。和老同學的見面，更感到開心，過去那些純真的生活和友情，讓他懷念不已，大衛需要這樣的狀態，當大家為阿蘭唱起生日歌祝福的時候，大衛的眼眶濕了，他感動於這樣溫柔感恩的情景。沒有同學問關於他進戒毒所的事，他憎恨那件事，大家都在相互祝福。

走進廁所的時候，大衛聽到有人小聲對他說「你好」，回頭看看男孩，沒有吭聲。那人說「要嗎，開心一下」。他立刻意識到了是那個可怕的毒品，心頓時蹦蹦直跳，沒解小便匆忙走了出來。站在阿蘭面前，大衛有些失控地說著，我們回家吧，我不舒服，要不我先走了。阿蘭看見大衛的手顫抖的厲害，當即就說，我們走吧。

回到家本來等於「勝利」了，當大衛躲進自己的屋子，想真正放下自己的時候，一種很久沒有釋放的情緒，反而衝入腦海，可能是酒精的緣故，無法自控地把手機砸在地上，他只想忘記一切，忘記自己的身子，包括所有資訊，廁所裡那人的聲音在反復地對他說著。他把衣服脫了，又穿了起來，一把拉開了門，向著酒吧走去。這是一條多麼難歸的路，進了酒吧，直

接進了廁所，又毫不猶豫地買了一包可卡因，躲進廁所單間吸食起來。這一夜他沒有回家，醉落的身子成了鼓點，在酒吧裡瘋狂尋樂了整整一夜。

　　第二天他沒有去工作，根本不想工作，在屋裡睡了一天，整個身心墮落難堪，就像回到了從前。凱莉知道了，這是已經意識到可能發生的事情，她默默無語，坐在涼台上喝完最後一口酒，決定和兒子好好談談。

　　見到兒子時，他像變成了另外一個人，臉上沒有表情，沒有懺悔的淚，更沒有主動的歉意。凱莉問，兒子，你覺得你的生活就這麼難嗎。你已經堅持了一年多，文憑拿到了，工作也開始了，有了新的生活。大衛抬起頭頂著媽媽看，看了很久，說，我知道。可是我不知道為什麼又開始了，怎麼就沒有終止的時候。凱莉說，媽媽的全部希望就在你這一次，你的努力讓媽媽看到希望，你對自己還抱有希望嗎？說完用手撫摸著大衛的臉，大滴的淚掉了下來。大衛沒有眨一下眼，眼眶紅透了，木呆地站著。這就是他們談話的結局，他們就像沒有找到答案。

　　從那以後，大衛又開始了吸毒的生活。有一天，他進到雜貨店，對著王淳苦苦地說，怎麼辦呢，你覺得我還可能戒掉它。說著從口袋裡拿出一個藥瓶，裝著滿滿的藥片，說只有這個能夠賺到錢，養活自己和救自己的命了，我好害怕，你能救救我嗎？王淳不知道說什麼，看著這個無助的男孩，她心疼，只剩下一眶淚水，哭了起來，開始說著，孩子太年輕了，要自己堅強起來，要自救啊。大衛不說話了，看著眼前的這個阿姨，低下頭離開了。

大衛澈底放棄了電腦的工作，他需要的只是出賣毒品和吸食毒品。有時，當他處於正常狀態的時候，會極度痛苦，已經沒有勇氣面對媽媽，他想到了離開她，讓她不要再看到自己的影子，哪怕無論自己生死如何，都不再打擾媽媽。

凱莉每天的生活也變得模糊了，眼前兒子的記憶常常是他童年的那些「圖片」。大衛小學的時候，喜歡活動，是校冰球隊「主力」，在市一級比賽中獲得過冠軍，他是進球最多的隊員。凱莉那時說過，如果兒子獲得好成績，答應他做一件他最想做的事（媽媽條件容許的情況下），但是，她萬萬沒想到，他當時提出的要求，是能和媽媽睡一個晚上。大衛說，從來都是自己過夜，能和最愛的媽媽擠在一起，是溫暖的。凱莉答應了，那個夜晚，是他們最幸福的一天。凱莉一直都覺得兒子從小沒有父親，對自己依念很重，而她對大衛也有著一種特別的愛。她常問自己，媽媽對兒子的愛還有什麼可以代替嗎，每當想到這，她的心都會平靜下來，會用最真摯的心對他。

這是三月的一天，在加拿大這個城市，還那麼冷，落滿了雪。已經是晚上十點了，凱莉還沒等回兒子，她來到雜貨店裡，和王淳說起這事，她們不停地往窗外看。凱莉說，這兒子長得像我，我這一輩子從來沒粘過那玩意；活了他倍數的年紀，可他把年輕的生命走在垂危中。王淳只能安慰她，希望大衛早點回到家。這一夜，凱莉沒有等到兒子回來，過了一天也沒回來，等來的是員警的通知，大衛躺在醫院。

因為往身上打毒品，引發高燒，全身不適，大衛被送進醫院。從凱莉到醫院看他，到回到家裡，大衛都沒有提到一句發生事情的前後原因。他要麼沉默，要麼閉著雙眼，只有那隻

手放在媽媽的手心上。凱莉也沉默著，她只想知道兒子平安就好。出院後的那幾周，大衛的臉色和精神狀態，澈底變成了另外一個人，整天獨自在屋裡，要麼出去就一天，雖然沒有再發生意外，但凱莉知道，已經無法拉住他的心了。

（三）

　　大衛面臨再次進戒毒所，這個循環反復的事情，成了大衛惡魔般的痛苦。他的生日到了，凱莉覺得這是很好安撫孩子的時刻。生日的那天，凱莉對大衛說，今天媽媽給你做最喜歡的義大利麵，用最正宗的調料炮製，祝福你生日快樂。她把王淳也請來了，阿姨買了一件藍色的春裝外衣，她說讓大衛穿上，會更加青春陽光。大衛沒出門，沒有叫任何朋友，洗了澡，換上了乾淨的衣服，頭上也抹上了頭油，出乎意外地打整了自己，一直陪著媽媽。凱莉很久沒見到這樣的情景了，那樣的開心。吃飯的時候，凱莉回憶起小時候大衛的那些故事，講了一個又一個，說著笑了。大衛也露出了笑容。王淳笑的流出了眼淚。吃完飯喝著咖啡，又切了蛋糕，唱起了生日歌，這一天是大衛二十四歲。

　　天晚了，王淳離開以後，凱莉要兒子去休息。大衛說，還想再喝一杯咖啡，還想要媽媽陪陪他。喝咖啡的時候，他靠近媽媽說，我最近一直想跟媽媽說說話。凱莉開心極了，說吧孩子，今天是你的生日，媽媽陪你。大衛一下子跪在媽媽前面哭了，說，我又要進戒毒所了，會有一天結束這種狀態嗎？媽說，會的，等你慢慢長大了，越來越堅強了，就會澈底戒掉它

的。大衛說，不會的，我已經長大了，根本做不到。他的表情裡充滿著絕望。凱莉從來沒有見過兒子這樣「自信」的回答，她說，孩兒，我們就再試試吧，媽和你一起努力。大衛哭的更傷心了，說，求求你，我不要再去戒毒所了，真的不去了；媽媽，我好難受啊，無法自救，戰勝自己。凱莉眼淚流了出來，她用手趕快擦去，說，孩兒，今天你剛滿二十四歲，這麼年輕，不怕，你可以成長，真的可以成長成為堅強的人。大衛無法聽進去媽媽的話，大聲地喊了一句話，我很難受，讓我走吧，媽媽。這句話一下子砸在凱莉的心上，她緊緊抱住兒子，失控的大哭起來。

　　哭聲之後，是一段莫名的沉默。大衛拉住媽媽的手說，小時候我心中最大的愉快就是和你睡一個覺，媽媽的身子好溫暖。凱莉說，你是媽媽一生最愛的人啊。大衛把自己的聲音放低了，說，今晚我能和你睡一個晚上嗎，我好想。聽兒子這麼說，凱莉沒加思索地答應了。

　　這個夜晚，大衛摟著媽媽很快就睡著了，睡的很香。凱莉卻一夜難眠，這麼多年和孩子生活的情景一一浮現在眼前，無論是苦難或幸福，她的一生一直在陪伴和等待，等待兒子站起來看到自己，做最後的選擇。凱莉永遠愛他。

　　生日過後，凱莉開始做兒子的工作，安排進戒毒所，可是，他支支吾吾並不配合。對於他的行蹤十分擔心。社區的負責人建議加大強制，以便儘快進入治療過程。周日一早，凱莉收到王淳的電話，說大衛昨晚去到店裡，買了幾瓶酒，還說了很多感謝的話，把身上準備出賣的兩瓶藥片交給了她，說，他準備去戒毒所了，還說，這次進去就不想再出來，因為出來了

還會再進去。這畢竟是一個好消息，凱莉昨夜睡的早，不知道兒子何時進的屋，她匆匆穿好衣服，推開了兒子的門。

眼下看到的一切，嚇呆了凱莉。屋裡一片狼藉，被單已經被拉到地上，大衛赤裸著身子撲在地上，口角流出了血，衣服和短褲已經被撕爛，不遠處放著一個針管和藥瓶，兒子已經沒氣了。顯然，因為直射毒品過度，窒息死亡。凱莉退出了屋門立刻打電話報警，哭成淚人。

驗屍的結果證實了這一事實，大衛選擇了離開這個世界，就在他剛滿24歲的時候。凱莉在桌上看到了大衛留下的最後字跡，上面寫滿了「我難受，讓我走吧。」「我走了，媽媽。」看到這些留言，凱莉久久地沉默著，把紙疊起來，放在自己的枕下。

再次走進雜貨店的時候，王淳見到凱莉就哭了，多麼可憐著這年輕的男孩。凱莉這次沒有哭，她冷靜地說，謝謝你啊，大衛要走，當媽的也拉不住，我們能做的都做了。他活的很難，很苦，無法戰勝自己，媽，再苦，也只能放手了，讓他選擇自己的生命吧。說完，她緊緊地擁抱著王淳。

大衛成了媽媽心中永遠的懷念，凱莉的心很淡定，用最愛的心去理解孩子和他的選擇，她很堅強，也做到了。

遺骨的祕密

（一）

　　經過全家人多次商議，文森把房子大修了一番，準備把它賣了。這幢有很多年歷史的老房子，有很多的問題，地下室一直積留著水，牆磚也有的脫落了，因為是舊式建築，冬天保暖不好，這是祖母在世的時候留下來的，據說也有上百年歷史。祖母是早期的一代華工，這座城市留著他們那代人的痕跡。文森三十歲了，也算是第四代華人，並不太瞭解那些歷史，他們這一代人的理念，已經融合在這個主流社會，當然，對於自己是早期華工家庭的後代，心日中仍然保留著一種敬慕。

　　決定賣掉這幢房子，家裡考慮過很久，這畢竟是老人幾代留下來的，出手這件事，對家庭的所有人來講，都難以放下，更讓大家棘手的是，對祖母臨走前留下的遺囑，不知道如何處理是好。

　　聽爺爺說，祖母那個年代的中國人是相當傳統的，因為是外族人，死了，一般都是下葬在一起，甚至幾年後挖出屍骨，再帶回中國老家下葬。這是傳統習慣，是大家不成文必須遵守的規則。不過，祖母做了完全不同於「規則」的事情，她要求把骨灰盒留放家裡，放在地下室或不起眼的地方。她說，如果真有一天房子賣了或倒了，把它就地埋了，不要再麻煩帶

回中國老家。祖母為什麼這樣做，在當時是極端叛逆的，家庭壓力會很大，爺爺為什麼也沒反對，按照她的要求做了。骨灰留在了家裡，並把這件事承續至今，其原因是什麼，家族的後幾代是不得而知的。文森對於祖母的這個遺囑的說法，是聽父親說的，而父親又是聽爺爺說的，那麼多年了，家裡都是這麼說的，也都是這樣做的，沒有人看到那個「遺囑」的文字，但是，說起來就像印在腦子裡那麼清晰，像條款那樣不可動搖。這次賣房，為了不傷害了祖母的意願，最後決定在城市最高的山墓地，為她找一塊地方。文森為這事已經詢問好了，一旦出售房子落實，就會安排祖母的最後歸屬。

(二)

祖母的骨灰盒放在地下室一個小小的儲藏室裡，是家人從來不去的地方。文森小時候見到爺爺有時偶爾進去一下，他會燒起香，低著頭嘴巴叨叨地說一些話，這話從來沒人聽見，也沒有人想知道在說什麼。爺爺死後，到了父親的年代，他進去的時候就更少了，清明的時候，他會打掃一下衛生，有時忘了，兩三年才做一次。文森對於這位老人是沒有任何感覺的，畢竟是相差太多的年代，唯一記在心裡的只是一種理解和幾分神祕了，她是老一代的中國人，那些過去的習慣和經驗，下輩子是要尊重的，不過，他對家族留下這幢房子，心懷感激。

文森對祖母當時的行為，一直有些不解，她說的就地埋了，這個說法也有些隨意。他問父親，我們能夠找到一個足夠理由，說明祖母真實的願望嗎？父親說，沒有，這是爺爺忠告

的話，這在家族裡也是過去的事了，那個時代人的想法難以猜測。他忍不住又問，祖母堅持不下葬，把骨灰盒放在家裡，一定有原因的。你怎麼想？父親說，不管什麼原因，現在無法找到理由了，這幢房子必須出手，只能按照留下的遺囑做了。父親說的是對的，文森知道，他們能做的僅此而已。

　　周末，一個陰雨綿綿的下午，文森坐在電腦前看著一個電影短片，說一個被收養的女孩一直不清楚母親與自己的身世，一天在養父的書櫃裡，無意中翻到一疊紙，是他從中國帶過來的。因為養父不懂中文，當時就隨意就夾到書裡，一放幾十年，直到她發現，女孩對過去的身世一下子都明白了。文森看著，情不自禁地站了起來，像是有了什麼靈感，他走到了放著祖母骨灰盒的屋前，定了一下神，輕輕打開走了進去。

　　這個地方，文森進來過最多三次，有兩次是小的時候和朋友捉迷藏，無意中跑進來的，都被父親趕了出去。最後一次，是因為找家裡舊玩物進去過。屋子很小，有一個小小的骨灰盒，上面有一張祖母的照片，那是一個舊時代的女人，穿著舊式的中國婦女的服裝，慈祥端正。屋裡放著的都是家裡的陳舊東西，這些東西對現實已經毫無意義，放在這裡對這位老人來說，倒是有幾分那個時代的氛圍。文森小心翼翼的四處看著，牆一角處放著幾摞書，這是他無法看懂的文字，有一個硬殼的書裡，留著幾行英文的字跡，是一個完整的位址和名字：「帕斯卡，1345紐巴・布茲斜克。」文森看著愣住了，這條街很熟悉，好像就在這個城市，一條老街。他開始翻起書來，在書裡的其他一些地方，也出現過這個位址。當文森走出屋子時，已經有了完全另外的想法，他決定要查一下，要試一試可以找到這個位址嗎？

（三）

　　很快，文森就在電腦裡查到了這條街，這是在老城的一條石子路，聽爺爺說過，以前祖母開過一個洗衣店，就在這條路附近。因為建築都是石塊的，品質比較好，這裡的房屋基本上都保留完好。「1345」這個門牌號還存在，居住著一家人。

　　尋找到這間房屋，對文森來說，似乎是「探險」和刺激的事，他去了那條街，敲開了「1345」號門，說明了來意，打聽起那個叫「帕斯卡」的人。其實，他心裡明白，這本身就是試一試，碰運氣的事情，已經那麼多年了，事實上是沒有可能性的。主人也覺得這事新鮮，怎麼可能呢，多麼傳奇，不過他說，這房子是他的房東買下來的，或許知道以前發生的事情。幾經周折，文森還是找到了這個房子最早的主人，不過這房子已經出手過兩位房東了。

　　那個叫做威廉的，就是這幢房子的最早房東，他是父親那一輩的人。他告訴文森，自己爺爺的名字確實叫帕斯卡，當知道文森的來意之後，他表現出很大的興趣。威廉的家族，是土生土長的法國人鐘錶世家，從整個家庭狀況來講，經濟地位也是屬於中等，直到現在，家族裡還有人繼續從事著鐘錶業生意。因為是社區的鐘錶世家，威廉受家族委託，做過一些家史的收集和整理，這事並沒有完成，因為很多疑問至今也沒搞清楚。

　　威廉是家族中的第二代獨子，對於他爺爺輩的事情，畢竟比文森更方便瞭解。他說，帕斯卡是從魁北克過去的，剛滿

三十歲，父親在美國出生，當時因為鐘錶生意，爺爺毫無選擇，一去就是幾十多年。文森說，他去美國以前有女人嗎？威廉說，聽說當時他愛著一個叫阿余的中國女人，因為家族堅決反對，那女人家也不同意他們往來。帕斯卡在美國和我的奶奶在一起，有了孩子，並沒有結婚，後來有了我的父親。文森一下子聽出來了，那個阿余正是自己的祖母的小名。文森接著問，他回到加拿大以後，你奶奶也過來了嗎？威廉說，沒有。奶奶生下父親沒多久，帕斯卡就和奶奶分手了，後來我們也再沒見過她。據帕斯卡說，他並不愛她。

晚上，文森翻閱著家庭保留下來的一些書信資料，這是他第一次這樣認真地閱讀這些東西。他覺得，從祖母當時的情況看，是不很正常的現象，幾乎沒有中國人這樣做和可以這樣做的。據書信裡爺爺的解釋，當時母親帶著他開著一個小小的洗衣店，生活很苦，他從來沒有見過自己的父親，母親總是說，父親去美國做生意去了，過一段時間就會回來，可惜直到她離去，也沒有見到回來，可憐的母親非常苦，留下了這幢房子，也是家族最重要的遺產，爺爺說，在她離開這個世界的時候，要求把骨灰保留家中的遺願，是無法違抗的。顯然，帕斯卡對母親有著相愛的那段時光確實存在。文森又查到了母親離世的年代，這個時候，帕斯卡並沒有離開美國，或許他根本不知道母親去世的消息。

威廉在整理家史時也注意到，為什麼爺爺在承繼家庭鐘錶業，一切正常的情況下，突然離開了家，到了美國。他在一份爺爺的手稿中讀到這樣一段話：「父親又大罵我一場，美國的鐘錶店鋪需要助手，說的很嚴厲，我不知道該如何做。父親還

是不同意我們的結合，讓我去美國就是要拆散我們，我們已經有了自己的孩子，我一定要和她在一起，她說好了等我。抱歉了親愛的，等著我吧。」根據文森說的情況，威廉猜測，這個女人顯然就是那個叫阿余的女人。根據家史記錄，在後來的一段期間，魁北克的鐘錶店生意做不下去了，關了門，祖父在美國就待了三十多年。當他重病纏身時，選擇了回魁北克，已經有六十多歲了。

（四）

　　文森坐在父親身邊，他們煮了濃濃的咖啡喝著，兩人都在思索著一個問題，祖母把遺骨留在家裡，顯然是有目的的，當生命只剩下骨頭了，肯定是要尋找它的歸宿。文森問，爺爺在世的時候，對你還說過什麼關於祖母的事嗎。父親低著頭，沉默了很久，說，你爺爺對我說過一些關於祖母的生活片段。祖母是一個很倔強的女人，那時，因為她和帕斯卡有了孩子，她的父母和她斷了關係，你爺爺在學校受到很大的歧視，祖母就讓他輟學了，在家裡幫助打理洗衣店。爺爺曾問過，為什麼父親總不回來，祖母說，他是你的父親能不回來嗎？我們母子倆等他，一定會回來的，就算媽媽死了，他也會回來帶走的。爺爺說，祖母生活很苦，身體不好，四十多歲就離開了世界，也沒有等到帕斯卡的回來。文森說，在她去世後，有沒有收到什麼信件，或有人來過家裡？文森這樣問，父親感覺無法回答，因為這是隔了一輩的事，他說不清楚。只知道，當時有的顧客曾經關心和問候過，這些並不能說明什麼。

　　文森又去見威廉了，他想知道帕斯卡後來回到魁北克的情況。威廉說，因為病重，年紀大了，他是本地人，堅持一定要回家來。不過，回來後的同年就去世了，死於心臟病。據威廉所知道的情況，回到魁北克後，帕斯卡幾乎都住在醫院，沒有能力做什麼事了。文森詢問了他埋葬的地點，要親自去看看這位老人，在他生活中才認識不久的祖父。

　　在那座高高的山頂山，是一片片被劃分的墓地。文森知道，在那個時代，西人和其他種族人的墓地是嚴格分開的，華人不能埋葬在西人的地域裡。不過他發現，帕斯卡的墓安葬的位置以眾不同，竟然在華人墓園的一角，屬於華人的墓園區，這是非常奇怪的事情。他找到墓園管理人員詢問，他們說，這是很難解釋的，確實不符合常規。在當時的習俗和種族歧視嚴重存在的情況下，是要很大勇氣的，只是猜測，這可能死者與華人有關，這畢竟年代很長，不得而知。站在墓碑前，文森久久地凝視著碑上面留下的文字，除了寫著他的生卒年月，還有一句簡短的話：「這座城市，是我生息和愛慕的地方。」文森讀了幾遍，他明白了，帕斯卡是在紀念這塊出生和產生愛的土地。這是多麼明確的人生答覆啊。文森像是明白了什麼，很有感觸，為老人送上了鮮花，為他默默祈禱。

（五）

　　一段時間以來，文森和父親都在為祖母遺骨的「祕密」思考著。這天，父親再次走進安放遺骨的小屋，那裡還是那麼寂靜，留放在裡面的東西還是那樣的陳舊。盯著那個小小的盒

子，倏然靜穆，耳邊響起他父親臨走時對他說的話：「除非這棟房子垮了，出售了，都不要把這盒子處理掉。」他想著，想著，突然回憶起一件事，匆忙走出了小屋。

坐在客廳裡，把文森叫到了身邊。他說，在他十多歲的時候，那是一個寒冷的深冬，曾經有一位老人，來敲家裡的門，他包裹著很多的衣服，只看到一個憔悴的臉，滿臉皺紋。他問，這是阿余的家嗎？我當時懵了，想了一陣子才說，她是我奶奶，已經離世了。他問，老人安放在哪裡呢？我不知道該怎麼回答，就說，中國人都一樣，送回老家了。他沉默了一會，又問起了你爺爺的名字，還說想見他。當時我一個人，覺得他來歷不凡，不想告訴他真話，說，他到外地去工作了。那老人說，去多久。我說，不知道。後來，他盯著我看了很久說，我再來吧。文森聽的入神了，說，你對老人還有什麼印象嗎？父親說，那男人的模樣在他心目中印象十分深刻。文森趕快把帕斯卡晚年的照片拿來，請父親辨認。父親立刻說，是他，就是他啊。

事情到現在，文森基本上搞清楚了。那個來家裡的人，就是祖父。祖母留下遺骨的原因也明白了，就是等待著有一天丈夫回來帶走她一生的感情，連骨灰帶走。這，原來是一段舊世紀關於移民的愛情故事啊。祖父在回到魁北克的同一年，心臟病復發就去世了，他後來是否來過家裡，已經找不到證據了，也不需再證明它。

週六，一大早文森獨自走進了祖母的小屋。他雙手握著一束鮮花，恭敬地在祖母像前，深深地鞠了躬，他默默祈禱。這個相隔四代的老人，為了自己的真實地愛，付出了這麼大的勇

氣，讓他敬佩不已。這天，他要把家庭的所有親人叫到一起，解開祖母把骨灰放在家裡的祕密。

　　這一天，將正式簽訂出售房屋的協議；這一天，也是感恩紀念祖母的日子。所有的家人滿懷深情，期待著文森講述關於祖母遺骨的「祕密」。文森這樣表述著：「在祖母的那個時代，華人深受歧視，華人和西人連婚是羞辱的事情。祖母和祖父是一對叛離者。為了愛情，他們不僅有了自己的孩子，還發誓一定要在一起。帕斯卡在被迫去美國的幾十年間，祖母堅守忠貞，一直等待。在她要離開這個世界的時候，唯一的願望，是想把自己的遺骨和帕斯卡埋在一起。在當時，這是一件大忌的事，她無法和任何人說，也無人可以接受她的選擇。祖母堅信，丈夫總會有一天到家裡找她，會把她帶走。可惜，在那個深冬祖父敲開家門的時候，從父親，一個十多歲孩子的口中，沒有獲得真實的情況。同年，祖父因為心臟病突發，沒來的及做任何事，就離開了這個世界。他沒有能實現祖母的願望，對遺骨仍留在家中，更是一無所知。」

　　這是一個讓所有人驚歎和感動的事，大家都沒想到，一個多世紀以前，在世界東方和西方人接觸的地方，曾經發生著這樣美好的愛情故事。

　　經過全家人的商議，並獲得了帕斯卡家人的支持和同意，祖母的骨灰將安葬在帕斯卡的墓地旁邊，讓他們最終時刻相伴，走到一起。碑文上除了寫下她的生卒年代，還留下了一句話：

　　「這座城市，是她愛情和生命的歸屬。」

平庸主義者

　　黎婭和斯利文是一對夫妻，都是在那個小鎮子出生長大的，那裡不過幾千戶人家，他們的認識是「自然」的，因為幾乎每一家人都很面熟。

　　第一次相識，是在鎮上的超市裡，黎婭找巧克力果醬餅乾，正好遇上斯利文。他就在裡面工作，具體的說，就是幹上貨架的活。黎婭的要求，馬上就得到了他的回應，在餅乾貨架前，斯利文非常熱情，一面介紹，又一面建議，手腳也配合著，還帶著笑聲。黎婭盯著他看，這男人，不胖不瘦，精精神神，長相普普通通，不過他的笑臉讓她記憶深刻，說不清楚是因為嘴大還是張的大，兩排整齊乾淨的白牙露出來，有點憨厚，還有些可愛；笑的聲音有些特別，像是肺腑傳出來的歌，情不自禁。從那以後，每次到商場，黎婭總要找到他推薦，賣一些特價的食品，說一堆開心話才離開。後來就戀愛了，結婚了。

　　黎婭性格外向，喜歡想像，讀大專選擇了服裝設計，畢業後在這個小鎮子裡找不到什麼有前途的工作，就到了一家洗染店，專門負責做裁縫的活，雖然並不喜歡，工作也算「對口」。斯利文對老婆這個選擇倒是很滿意，夫妻倆都有自己的工作，應該是完美的。他在商場的工作很忙，上貨可是沒完沒了的活，只要一上班，可以不停地一直做到下班，斯利文習慣

了，幹的非常順手，中學畢業後沒再讀書，就幹上了這活，現在都三十有餘，當上了這個部門的小主管。再說，小鎮子裡就這麼幾千號人，他的工作也算是出頭露面，也挺「公眾人物」的，有時，他內心裡會跳出幾分自豪感。

他們住在一個四半的房子裡，從結婚就沒搬過，房子也是老式的，黎婭對這住房並不滿意，因為兩人工資都不高，就湊合住下，她當時說過，有了孩子必須搬走，這是最底線，可惜他們一直都沒有孩子，也就一直沒搬家。斯利文把屋子重新裝修了一番，搞得乾淨漂亮。更讓他開心的是，幾年了房東竟然沒漲價。有一次他提醒房東，不準備漲點房租嗎？房東說，你希望漲嗎？他笑出了聲，能漲多少，我還付的起。房東說，你搬走了，下一個住戶進來，一定會漲。不漲房租，是有原因的，房前院子的環境衛生都是斯利文在做，冬天鏟雪，春大整理院子，夏天管草澆花，秋天清掃落葉，儘管房東從來沒有要求過他，這幾年過去了都這樣，也就習慣了。斯利文的家裡雖說沒有什麼特別好的家具，雙人床和梳粧檯是結婚時買的，躺下也很舒適。說到他最留念的東西，該是在舊家具店淘來的那個鐘，而且幾乎是全新的。黎婭說，這有什麼稀罕，催命的東西。他有點幽默地說，如果不喜歡它，你怎麼每天要看無數遍。黎婭說，還不是為了上班下班。斯利文的想法不一樣，這是生活的「指標」啊，告訴你每天都該按時做什麼，做到準確無誤。也因為這個鐘，斯利文工作從來沒有遲到過，連睡覺也是準時的。

斯利文之所以做到這樣，還有一個原因，就是壞習慣太少，他不喝酒，不吸煙，連辣椒也不吃。他說小時侯就反感酒

煙的味道，有一次父親逗他，非讓他嘗喝一口，他喝下去就吐了。從此他確信自己和父親的習慣是相反的，酒煙就再也沒有粘過。所以，他很少有什麼夜生活，跑到外面溜達，到了晚上，就是看一會電視節目，如果有冰球比賽就算例外了，一般都會陪同到底，這個體育運動，是整個加拿大人的愛好，斯利文當然也應該關注。黎婭對夫妻生活說不出什麼「關鍵性」的問題，丈夫工作挺辛苦，回到家做愛的情緒不減，幹起來很有力量，技巧優良，感覺很滿意，儘管做愛完了總是一倒就天亮，她也只能打個高分，這是她最愛的一部分。不過，很多時候她也很煩，看不慣丈夫自滿自足的心態。有一段時間，他們發生了爭吵。黎婭說，別看你穿的乾乾淨淨，可那些布料子和式樣都是啥。斯利文說，都是普通人家穿的，要穿出什麼樣子，沒人說不好啊。黎婭說，那麼辛苦的工作看你幹得熱火朝天，就那麼滿足。斯利文說，把工作做到這一步也不容易，有一份固定工作不是很好嗎。黎婭說，什麼毛病也沒有就好啦，煙酒不沾，一個大男人連點興奮刺激的願望都沒有，不感到有些無聊。斯利文聽了很不高興，你讓我學這些幹嘛，喝酒醉了，出去找女人刺激嗎。他想了又想，還諮詢朋友，老婆指責自己的這些缺點，在他看來全是優點啊。爭吵後，黎婭把問題歸結為斯利文太平庸；斯利文歸結了一下說，我們缺乏共同語言。他們決定分手了。這事對斯利文打擊不小，他腦袋裡多出了兩個字「平庸」。

黎婭搬出了她不喜歡的房子，斯利文的堅守變得更堅強。房東說，只要你住下去，我十年不漲你的房租。雙人床自然被搬走了，屋裡好一點的東西也搬走了，他從母親家搬來了單人

床，開始一個人在床上打發自己，只剩下那個鐘，每天還按時響著。斯利文感覺還是很忙，上班應對客人要說的話還很多，怎麼少了一個女人，他對眼前的生活，仍然沒有什麼不適應的感覺，相反，他多了新的想法，要買一套全新的家具武裝起這個小家，對生活開銷也開始計畫了。身邊沒有女人，他躺在床上和朋友微信成了寄託。這天，談起了畫畫，突然有了主意，其實，自己挺喜歡的，小時候用鋼筆畫人頭像，媽媽都說畫得好，還說以後可以做畫家呢，這不是充實了生活，有了事幹，他決定撿起這個特長，也給朋友畫起素描來。鎮子上組織繪畫藝術展，他把用鋼筆畫的圖送去，雖然說不好這是什麼畫，他的人物素描也被選上了，掛在了牆上，還被邀請到現場說了幾句話。在微信裡，他的作品也開始傳開，發給大家看，有人說這是什麼畫派啊，有的還要跟他學畫畫。因為他為一個女孩畫了一個頭像，女孩很滿意，竟然興奮地要和他交朋友。斯利文哈哈笑了，說，我的上帝，我們會相愛嗎？女孩說，你是搞藝術的，生活一定豐富，喜歡這種男生，因為懂得美，也浪漫。斯利文糊塗了，這樣的草根畫，隨手畫畫玩玩而已，竟然也有人這樣捧場。他找到了感覺，一個小小的愛好充實了他的生活。

當然，斯利文也有不舒服的時候，週末下班回家，洗完澡後站在鏡子前看著自己發呆，鏡子裡的人也在發呆。他仔細一看，那人眼皮一雙一單，脖子有點長，臉盤有點窄，鼻子有點彎，眉骨有點高，準確地說，就是那麼平凡的男人。在往下看，肚子上還留著幾塊腹肌，生殖器經過熱水的洗禮，沒有短褲的束縛，倒看著挺拔健康。斯利文有幾分失落，以前和老婆

在一起時，那場興奮的激戰已經開始，想到這，他心火燒得厲害，躺在床上自己折騰起來，一直把它打飛了為止。

就這樣，斯利文過了幾年的單身生活，長了幾歲，他的家具也全部換新了。在商場裡偶然也會遇見黎婭，開始不想說話，後來也做了朋友。他問，你工作怎麼樣。黎婭說，不做裁縫活了，在鎮子上最大的酒店當了前台接待。斯利文看她，臉多了幾絲皺紋，化妝品用的很重，穿的洋氣很多，身上總是香水飄然。黎婭說，心情並沒有調整好，還沒有找到愛人。他嗯了一聲，說，想找什麼樣的。黎婭說，能帶我到大城市去，養得住我的。斯利文沒說話，只是不停地點著頭。

人的生活到底是依賴別人還是自己，斯利文沒法想明白，他知道女人是需要男人的。他又覺得自己實在平庸，像黎婭這樣的女人，沒資格養她。不過，斯利文很滿足於自己的生活，相信這種愉快只是自己的，其實和他人無關，不想讓別人干涉。至於愛情，在他生活身邊，他還真沒有發現笑臉。

斯利文就這樣認命了，隨著年紀的增長，也多了一個缺點，他有時會想要吸幾口大麻，這倒不是學壞了，當他獨自坐在家門口的花園前，吸上幾口頓時感到非常平靜，心靈悠然飄起，忘卻世俗，自己活的自在滿足，靜靜地睡去。

自首人

（一）

王湧沒想到，在他出國加拿大五年後發生的一件事，身懷負重，影響了他的整個生活，成了他一輩子的懺悔。

那是冬天剛要過去，路邊還殘留著部分積雪的季節。王湧駕車下班回家，記得是週一的下午，車開到離家僅一條街的路上，他在反射鏡裡好像看到一個影子，隨後聽到「蹦」的一聲，像是有人撞到了車身後，感到車身被震動了一下。他猶豫了，還是沒有停車，路上沒有什麼絆腳物，沒有看見什麼行人，似乎看到的影子並不肯定，即使發生了什麼事情，是在車的後面。再說，避免麻煩事，他下意識地提醒自己，最好還是繼續前進。很快，車就進了自家的車庫，王湧下車後看了一眼車身後面，沒有發現什麼變化，就匆忙進了家。

不過，當他坐在沙發上的時候，不知道為什麼，心跳的厲害，手也有些顫抖。車子震動和那個「砰」的聲音不斷出現，他懷疑是否聽錯，是否確切。他對自己說，車子確實晃動了一下，感覺應該沒有錯。難道撞倒了人，是真的嗎，是誰，孩子還是大人，難道我犯下罪了。他越想越害怕，不敢完全肯定這個自己都沒確定的事，希望不是真的，千萬不要發生。他回憶著當時的情景，那是一條小街，路邊好像沒見到行人，因為

正值吃完飯時間。也就是說，即使發生了什麼事，也只有兩個人知道，即當事人和受害者。想了半天之後，王湧自我安慰說，不會發生什麼，即使發生了，也沒人知道，就當是天知地知吧。

（二）

事情確實沒有發生，雖然只是一條街之隔，王湧沒聽到任何傳聞。那個「蹦」的聲音，就算是一個幻覺，儘管有時想起來會突然心跳，他總是狠狠罵自己一句，自尋煩惱，沒出息。

幾個月以後的一天，兒子過生日了，幾個同學聚會家裡。王湧問，你的好朋友菲力浦怎麼沒來。兒子說，他早就休學了，因為被車撞了，大腦受傷，都在家待了幾個月了。王湧問，在哪撞倒的。兒子說，就在他家的門口。王湧知道菲力浦的家就在那條街，他趕快問，誰撞的。兒子說，菲力浦不知道是誰，撞他的人開車走了。王湧的心突然警覺起來，那個「蹦」的一聲，應該也是在幾個月以前發生的，不會是一件事吧。他又問，什麼線索也沒有嗎？兒子說，因為腦子受傷，什麼也不知道，只知道過路時沒注意到車子過來，是他自己撞上車的。

王湧的心再次被糾了起來，看來事情並不是自己想像的那樣簡單，決定去看看這個孩子，順便弄明白事情的緣由。他找了一個理由和兒子去了菲力浦的家。

菲利普身體恢復一些了，看上去很樂觀，見到好朋友特別開心，哈哈地笑著，但是，當他說話和回答問題時十分緩

慢。他們送去了有趣的書籍，水果和鮮花。王湧盯著菲力浦看了很久，問，好多了吧。他說，感覺好多了，對著他們使了一個鬼臉。王湧說，你還記得當時的情景嗎？他說，早就忘了。王湧嘗試著繼續問下去，菲力浦慢慢地回答著。王湧說，撞到你的那個車子，是什麼牌子和什麼顏色的。他說，記不得。王湧說，是你後來忘了吧，他說，當時就沒注意看，沒有印象。從菲力浦的口中，王湧絲毫沒發現當事人的任何線索，甚至是毫無線索可尋。王湧又說，這事後來沒結果嗎。他說，不知道啊，應該沒有吧，是我自己撞上去的。王湧聽著，心裡有種說不出的味道，孩子始終都肯定是他自己的問題，這樣的話，倒讓他十分內疚和痛苦，這事雖然不能確定就是自己做的，但是，有一點是明確的，當時沒有停下車來，沒有看看發生了什麼。這就是自己的責任。

　　離開菲力浦家，王湧的心澈底被炸開了，感到極度難受，或許是一種自責，是害怕，是同情，是想搞清楚真相，整個情緒進入了憂鬱狀態。他又以問候的理由去見了菲力浦的父親。王湧說，孩子很可憐，當時的情景都記不得了，你們記得具體出事的時間嗎？他父親說，是在三月，週一的下午六點左右。因為在居民區裡，沒有監控，沒有什麼人見到，所以，也只能自認倒楣了。王湧問了菲力浦恢復的情況。他父親說，因為傷害了大腦，一下子是恢復不了的，可能以後很多事都沒法做了。王湧沉默了一會兒說，真是讓你們受累了。他父親笑了笑，說，還要感謝你這樣的好人關心，我們也很欣慰。

　　回到家，王湧仔細地回憶了發生事情的具體時間：「週一的下午六點左右」。他頓時感到心在怦怦直跳，正是那個時間

啊，他記得進家門看了一下鐘，剛好六點正，自己罪責難逃，肯定是犯下了大罪。

夜深了，王湧無法入睡，眼前閃過菲力浦可愛的笑臉，他的那句「是我自己撞上去的」話，不停地敲打著他的心。又想到孩子父母善良的話語，他覺得再不能隱瞞和沉默了，自己該是事件的肇事人。幾個月以來，他們的家庭已經經歷了最困難的感情和精神痛苦，自己必須去自首，接受該承擔的責任，他決定去見員警。

（三）

王湧去自首了，提出的根據是：

六點左右他確實在現場，看到人影跑過，聽到了碰撞車子的聲音，並且意識到發生了什麼事情。警方和有關部門，經過仔細調查後決定，撤回王湧的自首申請報告，他所提供的證據，不能證實他是當事人。王湧萬萬沒想到，直接當事人自首都沒有被接納，道理很簡單，他所陳述的理由，均沒有旁人和可取的真正證據。王湧後悔萬分，當時因為害怕和片刻的私念，沒有停下車，主動面對自己的責任，也就等於毀滅了事實的證據。

王湧堅信自己做了這件事，卻成了局外人，對不起菲力浦一家。他把所有經過都對他們說了，請求兩位父母原諒。菲力浦的父母心很平靜，沒有指責他，而是說，尊重和相信法律，無論如何也不能憎恨他。他站在菲力浦面前流下淚來，請菲力浦原諒，孩子用手抹去他臉上的眼淚說，叔叔不要哭啊，我現

在好多了。他把所有的事告訴了兒子，懺悔自己的行為，兒子聽後低下了頭，說著，對不起同學，好朋友。

生活就是選擇，王湧選擇了出國，又有幸選擇了一份很好的工作，可惜，就在一剎那間，他錯誤地選擇了自己的決定，這讓他悔恨一生。他知道，這件事在他的生活中，成了一個永遠的自責和懺悔，對菲力浦的惦記也成了一生的情感！他請求菲力浦一家給他一個機會，能在物質上給予一些幫助，彌補自己精神的失落，遭到了拒絕，他們不會接受這樣無辜的幫助，反而對他的關注表達了深深的感激。他只能過年過節送些禮物，有事無事都找機會去看菲力浦。王湧明白，他需要做的只有一件事，是一生尋求的事，找到真正的證據，證明自己確實是肇事者，把自己繩之以法，承擔自己的感情義務，歸還一份人間的良心和人性。

王湧一條全新的生活歷程開始了，他到處走訪，尋找證人證據，走在懺悔的路上！

琴和她的妮西娜

（貓的屬性：敏捷，獨立，不善交朋友。……──百科解讀）

妮西娜是琴養的一隻小貓，名字是她在書裡查到的，據說一位高貴的王妃曾用過。琴對牠的喜歡超越了她自己的想像，已經不是喜歡，而是「相依為命」的愛人。

琴出國就那麼簡單，因為人家男人給了一筆錢，她覺得錢已經讓她無聊和傷心，出國來解放自己，無論從虛榮還是從情緒，都必須這樣選擇。

她的家當然不錯，也算別墅，住了沒多久，雖然不懷念那個男人，但心裡很空，像挨了餓好委屈的女孩子，妮西娜就這樣走進了她家。這小玩意當然是個小伙子，琴也說不好，為什麼非給牠取一個女孩的名字，在中國人的眼裡牠談不上美貌，都叫牠「麻布貓」，長得像麻布一樣，不過，在加拿大倒是有帥哥之稱。琴很滿足，養這樣的貓，她也挺有西方份兒。

琴的生活，簡單地說，就是和妮西娜的生活。不懂外語，不工作，和朋友也搭不上話，加上冬天那麼長，白白的世界，像一片白紙。妮西娜也沒有想到，牠的生活就是從盯著琴的眼睛開始的。

不出門的日子是無聊的，琴從不讓妮西娜出門，進這個家就是來陪伴她的，她不喜歡整天往外跑的男孩，喜歡在鏡子前

看自己，打扮化妝，她覺得自己無論如何也沒有離開過漂亮。妮西娜站在窗前，盯著外面陌生的世界，充滿著說不出的好奇和欲望，看著遠方，白白的小路上竟然沒有夥伴的腳印。

琴喊叫著，把妮西娜抱到鏡子前看她梳妝，鏡子裡兩雙眼睛轉來轉去。琴說，親愛的，你說這個世界還有誰能陪我，她看一眼牠，又笑一笑。貓咪也看她一眼，不賴煩地轉向鏡子，牠盯住自己的眼睛，越看越有神。琴說，煩啦，待不住了，想往外面跑，我把你帶到家，就是要你陪我的，說完就把妮西娜抱到懷裡。不過，這小子喜歡那個溫暖的懷抱，每當這種時候，牠都乖乖的睡下，有時還聽到小小的鼾聲。

不准妮西娜出門也要付出代價，琴三千塊買的沙發，被牠抓的破破爛爛，她發過脾氣，一次兩次，貓咪不領會她，後來她忍了。她無意中發現，每次發火給她了不少快感，肚子裡的氣消失了很多，看到被抓破的沙發，她覺得很有故事感。因為抓破了沙發，挨罵的妮西娜常躲在床下，一待一天，只有等主人上床，牠才悄悄地鑽進她的懷裡，這一刻，琴說不出任何話來，只剩下了感恩，這個孤獨的夜，不就是親愛的妮西娜在陪伴嗎。

每個早晨醒來，琴重複著在鏡子前的打扮化妝，妮西娜站在窗前向外瞭望。然後，他們又在鏡子前，互相看來看去。

有一天，不知道為什麼琴坐在鏡子前哭了，頭髮鬆散地可以看見頭皮，大片脫落的頭髮一地都是。妮西娜在地上追逐玩耍著。琴真發火了，你還捉弄我，我病了，你知道嗎？貓咪抓住一把鑽進了床底。

琴看著鏡子裡的琴，她感到在這裡的生活已經走到盡頭，

甚至想到了死，多麼可怕啊，鏡子裡的她眼睛模糊了。不一會兒，她看見了妮西娜，牠在鏡子裡盯著她的眼睛，眼睛裡也流出了淚。琴突然狂叫起來，讓我去死，你也跟我走吧，走吧，接著歇斯底里地大哭起來。妮西娜真被嚇壞了，這次牠沒有往床底下鑽，而是，使勁抓著窗子玻璃想往外跑。琴趕快過去抱牠，溫順的貓咪沒有服從，狠狠在她臉上抓了一下。

琴患了抑鬱症，她決定回國了，決定把她親愛的妮西娜留給新的房東。

回國後的日子裡，琴常常想起妮西娜，這個曾經在她最孤獨時候陪伴她的「男孩」。

半年後她收到房東的一封信，上面寫道：「妮西娜是一個悲切的『男孩』。你走後，牠整天站在窗前看著外面空蕩的小路，要不在鏡子前盯著自己的眼睛看，一動不動，新買的沙發再也沒去抓過，開著門也從不出去。最近因為全身掉毛，我帶牠去見醫生，剛出門牠突然跳了下去，鑽到了汽車下面，就這樣離開了我們。」

琴讀完了信，哭了，哭得昏倒在地。

剩下半個飢餓的肚子

　　一場大雪，文森竟然感冒了。週末的夜裡，一個大男人臥在被窩裡不想動，聽到肚子咕咕在叫，這是幹嘛呢，不就是少吃了一頓，失業這份兒叫沒錢，忍著點。他在想，錢包裡不多的幾張票子不能動，有發票還沒付，桌上空杯子裡集下的零幣也買了麵包，連夾肉和黃油都沒捨得買，縮了一下身子，一雙腳在堅硬的冰涼著。他笑了一聲，這時刻不能出被窩，哈哈，政府沒錢，經濟不好，本人貧困，就算是減了肥，也省了錢，算是眼前必須的計畫。為了克制自己，從床邊藥瓶裡拿出安眠藥，掰了半塊吞了，後來果真睡著了。

　　醒來肚子也沒了聲音，似乎餓意也消失了。喝了一杯咖啡，啃了一塊麵包後，文森突然有了減肥的靈感，一夜挨餓的肚子好像有了性感起來的可能。沒有夾肉是可以的，沒有黃油也是無奈的，他拍拍肚子說，對不起親愛的，面對現實，我們共同努力吧。

　　沒想到剛出門不久，肚子又突然叫了起來，像似雷電翻騰，吃進去的食物變成了空氣，飄走了，這會兒心也亂了。一急，進了一家小店。

　　店主問他，想買點什麼？

　　他說，我想買點對付肚子的東西。

　　店主說，餓了？

他說，也沒餓，他沒想好如何回答。

這時進來一個顧客，買了三明治，一杯飲料，站在店裡，兩三口就吃光了。

他說，你吃的速度真快，他聽見自己的話裡饞兮兮的。

那人說肚子還餓著呢，又開始在東張西望，好像還要買吃的。

他也在店裡找，在找一個結果，買點什麼，吃，還是不吃。

兩個人在店裡轉來轉去，店主不停的打量著他們。他東摸西摸，又抬頭看店主。那人東轉西轉，也抬頭看店主。他找不到他想要的，感到所有的東西都太貴，他從來不在這地方買東西，很少到這裡選擇。他的肚子現在叫的溫和了一些，或許一會就好了。

他問那人選好什麼了嗎？

那人說，選什麼，我沒有在選，在想一個問題：我工作一小時十六塊錢，剛才就吃掉了八塊，還只是一天三頓中一頓的開銷，目前肚子還空著一半，不能再花錢了。

他說，你肚子不叫喚嗎？

那人說，叫也沒用，說著，那人大步走出店門。

文森覺得自己的肚子正好也空著一半。

這時店主死死盯著文森，好像把希望都留在他身上，你買還是不買。

他把手伸進口袋裡使勁「搜索」，想找到什麼東西，擠著笑臉說，沒找到我需要的。

店主說，什麼東西，我能幫上忙嗎？

他說，真說不準這東西是啥？也許有一半肚子需要保持空

間，也保持拮据，說完笑了起來。

　　店主聽沒明白他講什麼，皺起眉頭問，是不是想買一杯咖啡。

　　這時，文森的手突然在口袋裡抓到一塊錢零幣，正好可以買一杯。他說，對，對對，就是要一杯咖啡。

　　倒了咖啡，他發現肚子這會兒叫得難以忍受，狠狠地放了三勺糖，三個小盒咖啡奶*，喝了兩口。接著，看了店主一眼，又放了三勺糖，倒入三小盒咖啡奶，擠著笑臉說，這一半的空間終於有了補充。

　　店主盯著那杯咖啡愣住了，等她回過神時，文森已經離開了小店。

*咖啡奶含奶百分之十，一般一杯咖啡放一盒即可。

當今北美下層人的生活怎麼樣，讀到的作品有限。
寫點我們百姓「貧困」的幽默生活。

「性格病」患者

寒寒出國了，母親說讓他到加拿大讀中學。

爺爺和奶奶抱著哭的很厲害，這個從小和他們長大的孩子，怎麼捨得。寒寒對出國沒有什麼想法，只是聽著老人的哭聲，心裡有點難受，他不知道離開了天天都和他在一起的人，自己會怎麼樣。母親對他說，這些年父母掙錢，靠老人把你養大，現在又有條件了，讓你到國外成才，也算對得起你。

寒寒是一個性格內向的人，不大愛說話，在中國就這樣，對待父母懶得說話，他們沒怎麼管過他，反正嘮叨了，爺爺和奶奶會站出來，他們說過，這孫子夠乖，你們沒權利罵他。出國了，總要和父母說話的，他也試著說的「友好」一點，不過，有些話他還是聽不下去，什麼學習怎麼樣了，上課都做些什麼，還跟得上嗎？這不都是廢話，學習會怎麼樣，語言關都沒過，上課不就是讀書，跟不跟得上走著看啊。寒寒感到彆扭，父母總是看著他的臉色，躲在自己的屋裡嘀嘀咕咕。

讀書對於寒寒來說有些「不幸」，他知道這是自己唯一的選擇，可面對老師常常提出的問題，不知道如何回答。他連續兩次遲到了，除了在學校秘書那裡登記，下課後被留下詢問。老師說，兩次遲到是什麼原因。他沒有說話。老師又問了一遍。他還是沒說。寒寒想，說啥，睡過頭了，昨晚玩電腦睡晚了，你想知道這個嗎？這有什麼可說的。他把頭轉向窗外，感

到有幾分委屈，如果在中國，爺爺奶奶早站出來了，想到這，他的眼淚掉下來了。老師說，你哭什麼，你說出原因，很簡單，就是原因。他還是沒說，他想好了，就是不說。這次老師讓他走了，很快打電話通知家長，說完了情況，要求家長和他溝通，三天以後再到學校。

在家裡的交談並不順利。媽說，孩子你怎麼兩次遲到呢？寒寒看了她一眼低下了頭，他不想說。媽又說，這裡沒有爺爺奶奶，你長大了，要自己面對啊。寒寒還是不說話。媽說，孩子，說呀。寒寒這會兒抬起頭來，說，有什麼可說的，睡過了，一大早的我會幹什麼，這個老師也真無聊。媽說，在學校，老師問你什麼，你就必須回答什麼，就說睡過了也行啊。寒寒使勁盯了她一眼，我就是不想說，憑什麼要說，叫爺爺奶奶過來對他們說，他這話就像是氣父母的。當媽的只能出面打電話解釋，校方回答，等寒寒三天回學校後，自己做個解釋。在家的三天，寒寒反而感到輕鬆和快活，在電腦的遊戲裡，他幾乎是一個王子，自信如故，學校的那點事忘的乾乾淨淨。

三天後進學校，寒寒沒有遲到，不過，跨進學校門，心裡並不舒服。老師在講課前，請他解釋一下兩次遲到的原因，這也是老師例行的職責。他坐著不動，老師重複要求著，後來又請他站起來說。寒寒不知道自己該如何做，想到當著那麼多同學，又在和他過不去了，這一生從來沒有過這樣，簡直是逼人太甚，他突然想到四個字：就是不說。老師再次請他說話。這次他站了起來，把頭又轉向了窗外，一聲不吭，又是 次無疾而終。今天他被老師再次要求留下，並將和校長對話。

寒寒的情緒變得很壞，他無法駕馭這個讓他沒完沒了的困

惑，整個一天，他不知道自己做了什麼，老師講了什麼。放學的鈴聲響過，他什麼也沒想，背著書包迅速離開了學校。

老師找不到，校長也沒等到，這在學校一下子成了一件大事，校方立刻打電話給家裡。當媽的說，沒見孩子回來，可能還沒到家。過了兩小時後，學校又打電話詢問，這事關係到孩子的安全問題，校方要承擔責任，學校各方開會商議一致認為，一個不說話和拒絕說話的學生，有心理障礙的問題，很不正常，是不能掉以輕心的。這時的寒寒在外面轉了一圈，正走在回家的路上。

在離家不遠的地方，寒寒看見有兩個員警進了家門，這下子嚇壞了，怎麼他們來家了，他從來沒遇到過這樣的事，聽說國外的員警很凶，他想到自己偷跑出學校的事。被嚇壞的他，進門鑽進了地下室，身子哆嗦著，他想給爺爺奶奶打電話，又哭了，眼淚大滴的落下。

員警的到來也嚇壞了當媽的，她拼命地解釋著，孩子從小和老人長大，太多溺愛，脾氣不好，比較倔，其實，就是性格內向，不大說話，就是性格問題。這樣的解釋在校方看來是毫無根據的，一個學生在學校裡和老師對話，理所當然，寒寒多次拒絕，他的行為顯然已經不正常。員警在地下室找到了寒寒，他們為了孩子安全的任務終於完成了，根據校方的研究決定，寒寒必須在一周內到醫院，接受心理疾病檢查和治療，並且停學一學期。

這對於他們一家人來說，是一件完全沒有想到，也不可思議的事情。寒寒的心理帶來的創傷是巨大的，他不知道，為什

麼突然自己有了心理疾病，而且必須接受檢查，他變得更加憂鬱起來。他的父母也不明白，就是因為家庭溺愛養成的性格，也成了無法說清道明的「疾病」。現在一切都晚了，媽媽決定帶兒子去見醫生，不管怎麼樣，為了孩子的未來，她也毫無選擇。

寒寒也從此變了，他在家裡的話更少了，每次爺爺奶奶打電話過來，不敢抽泣，而寒寒卻情不自禁的眼淚奪眶而出。

為什麼地鐵的火車不休假

　　楊花的世界只是她自己的，這個世界每天都在地鐵。

　　她總是穿著一件棉襖，中式的，一直都穿著，散發著氣味，有些油膩了，短短的頭髮蓋在腦袋上，凌亂的像稻草，她的臉就像有些時間沒洗過，被風雨打落後的木板，那雙眼睛保持著幾分憂鬱的感覺。

　　地鐵裡的人都認識她，知道她從來不會惹事，也從來不會理人，都不明白她為什麼這樣。她什麼時候進到地鐵，又什麼時候消失在地鐵，似乎也沒有人說得清楚，只有楊花知道。

　　她憂鬱的眼裡帶著幾分悲切感，總是凝視著一個方向，就像從來沒有見到人，只是看到火車在跑，每天在跑，每天不停地叫喚。她最清醒的一件事，就是，地鐵的火車沒有週末，沒有假日，而她最不明白的一件事，就是，為什麼地鐵的火車沒有休假的時候，沒有一個停下來的時候。她每天都來這裡，月票始終掛在脖子上，就像她穿的衣服，沒有人知道是誰為她買了車票，又給她掛好。地鐵裡工作的人都認識她，一個精神出了一點問題的人，沒有人對她指責，她沒有違章的行為，儀表有些不雅並沒有給治安帶來麻煩，更多的人在想，她的生活肯定出了麻煩，是一個可憐的女人。

　　楊花這名字是她自己說的，她在地鐵裡跑來跑去，進這個車廂，又從那個車廂出來，嘴裡不停說著話，很難聽清楚在說

什麼。有時，她站在月台上揮手，揮得十分認真，像是送別或迎接朋友。聽見到的人說，有一次她坐在椅子上抱頭大哭，一位女士走過去問她，是不是找不到家了，能幫助她嗎？那次，她突然站起來說，你能讓火車停住嗎？我兒子就在裡面，他要走了。還有一次，她提了一大包的東西，倒在椅子上，一件一件的疊起，放進包裡，又拿出來，再放進去，整整折騰了半天。

更多的是引起了中國人的關注，畢竟長著一樣的臉和皮膚，對她的身世有更多好奇和關注。一位熱心的人找到收容中心請求幫助，那裡很快查到這位叫楊花的檔案。檔案上記錄了她的大致情況：

「楊花，女，四十九歲，因患精神性疾病，沒有任何暴力性行為，有家室，生活有來源保障。」。

收容中心的人說，楊花不存在任何其他的問題，不屬於社會收容管理之列。

時間長了，關於她的身世，有了越來越多的傳言。據說，她來自中國西部的農村，和一位加拿大人有了一個兒子，結果，一心想讓兒子成才，逼著孩子讀大學做牙醫，多次發生口角，結果兒子不從，而且放棄了讀書，後來做了街頭塗鴉流浪族。

那個晚上，她和兒子在地鐵發生了激烈爭吵，兒子一氣之下，宣佈和她脫離母子關係，鑽進了地鐵車再也沒出來，只見火車匆匆而去。

也是從那天起，楊花再也沒見到過兒子。

後來她就病了，每天都來到地鐵裡。她不懂，為什麼地鐵的火車從來沒休假，不停地往前開，越開越遠。

「一塊錢商店」的禮物

　　曉崔在商場轉了半天，也沒有買到合適滿意的禮物。瑟琳娜要生孩子了，一個女孩。曉崔應邀參加「迎新生兒聚會」（魁北克當地人的習慣，親戚，朋友聚會和贈送新生兒禮物）。她們是朋友，在兩年前小崔懷孕時，瑟琳娜給過很大幫助，她在社區懷孕保健婦女部門工作，對在國外懷孕生孩子一點不懂的曉崔來說，她的幫助是可想而知的。

　　曉崔沒忘記生孩子時，她還送了一個小布娃娃玩具和一張賀卡。

　　送什麼東西最好，曉崔一直無法確定。如果說人情，瑟琳娜給予的情誼是無話可說的，她語言不好，聯繫醫生，定期安排檢查，申請各種費用補貼，全靠人家幫忙。不過，她們談不上什麼深交的朋友和閨蜜，曉崔生孩子時，她不過送了一個小小的玩具，那個賀卡上留下的字，至今還記得：「這一定是一個可愛的女孩，我們都很愛她。」這倒是一段感人的話。曉崔想，如果買一個小床，推椅，太貴了一些，好像沒必要；買兩三件小衣服，又太簡單，情誼上對不住；如果買一個大的玩具，要五六十元，她很猶豫下不了手，買還是不買。她內心裡一直想要好好地回報，可做起來，不知道回報的砝碼該放多少。不過，她還是咬咬牙，花了五十多塊錢，買了一個大玩具，一個可愛的熊貓。

　　活動如期舉行了。瑟琳娜和丈夫在家裡準備了自助晚餐，他們最好的朋友和親戚都來了。大家為他們祝賀，也帶來各種禮物。大家舉杯祝福新生兒的即將出世，瑟琳娜的手不停地在肚子上打轉，她說，孩子，你聽到了嗎，要感恩上帝給你了生命，感恩今天的所有人的關懷和幫助。他丈夫也不停地說，謝謝，謝謝大家的到來。

　　晚飯後，打開禮物的時候到了（北美習慣，收到禮物當場打開），瑟琳娜的發小姐姐索菲喊著，讓我首先開張。她先對著瑟琳娜說，親愛的妹妹，我為你精心準備了禮物，因為我愛小瑟琳娜！她的話，迎來了熱烈的鼓掌，瑟琳娜用手搽抹著自己的眼角。接著，她一邊解釋一邊把那些禮物拿出來，瑟琳娜欣賞著每一個禮物和展示給大家，從頭上髮夾、橡筋、梳子、奶嘴、杯子、太陽鏡、吃飯圍裙、到腳下的襪子和小鞋，還有一些沒有見過，需要解釋的嬰兒小用品。瑟琳娜開心的大笑，她說，真是很適用，太驚喜、太細心、太感動啊。這麼一展示要了十多分鐘，地上一大堆東西，瑟琳娜使勁擁抱著索菲，感恩不盡，情誼好深長！

　　站在一邊的曉崔看著也啞住了。她萬萬沒想到，這一大堆禮物全部來自「一塊錢商店」＊，幾乎大多數物品不過一塊錢。她心裡有點說不出的滋味，笑的有些彆扭，在她的理念裡，送這樣的禮物幾乎是不可能的，從面子來講，也是有些難以接受的。更重要的是，她不明白瑟琳娜為什麼會開心成這個樣子。當她把禮物送上的時候，瑟琳娜同樣擁抱著她，她高興極了，說，你太用心了，女兒一出來就會記住你，她會很喜歡熊貓，也喜歡中國的。曉崔聽了，感到特別興奮，他們又擁抱

著熊貓玩具吻了起來。

　　這一天，曉崔心裡洋溢著一種說不出幸福感，很久沒有像這樣過。

　　離開她家已經很晚了。曉崔躺在床上，腦子裡久久地停留著瑟琳娜的笑聲和歡快的表情。她覺得自己一直在想，要做的「對得起」瑟琳娜，而她可能從來沒有想到過「對得起」三個字，而是只想到了人間真情。想到這，她的眼睛也模糊了。

*在北美，有專門的「一塊錢商店」，所有貨物都是一塊錢到
　兩塊錢。

窗子裡的兩個女人

1
2
8

窗子裡的兩個女人

（一）

　　城市一角又建起了兩幢大樓，設計別致，「身段」留著一道彎彎的線條，建築材料搭配著不同的顏色，遠處看去，像兩個窈窕的少女亭亭玉立，套房很快就銷售光了。史密斯有幸搬了進去。

　　他是一個畫家，喜歡寬敞的視野，選擇了住在樓房的最高一層。站在窗前可以看到對面那幢大樓，斜面是城市的一角，晚上是一片燈光的「篝火」。魁北克的冬天那麼長，每天畫畫之餘，他會把閒散的時間留在窗外的景色中。

　　對面大樓的兩個窗子正好在他的視線裡，他發現，兩個窗簾顯示著截然不同的風格：左邊那個輕柔淡黃，洋氣現代，微微透色；右邊那個凝重深紅，東方氣味，掛著一個「福」字。透過窗子，住著兩戶人家：一個法國女人和一個中國女人。史密斯感到好奇，自己如同坐在一個舞台下面，兩個大幕何時拉開，有什麼好「戲」，發生了什麼故事，自然成了他關注的內容，史密斯覺得是自己的福氣。

　　那個法國女人住家的窗簾，從早到晚幾乎都開著，平常白天的時候，見不到人，只有晚飯的時候才能看到她，不過，窗簾也隨著夜幕降臨而關上了。週末，看到她的機會最多，可能

是因為休假，窗簾就這麼開著，女人在裡面走來走去，穿著單薄的睡衣，像一片柔雲飄蕩著。有時也可以窺視到更性感的畫面，她穿著緊巴巴的胸罩和短褲，窈窕的身材，就像沒有人能看到她一樣。屋裡有一個高腳的玻璃圓桌，她常常舉著一杯葡萄酒，圍著圓桌扭動自己的身子，擺出各種姿勢，嘴巴不停地動著，像個酒吧裡的舞女；有時捏著一根煙，查看著桌上的電腦，又像是在和人說話，自己大笑著，甚至笑的身子晃動，遇上了什麼開心事，興奮不已。史密斯沒見過有男人到過她家，至少他看到的時候。

　　相比那個中國女人家的窗簾，打開的時候很少。白天有時也會打開，這個時候她總是在家的，有一個書桌就在窗前，上面放著一個瓷杯，她可能喜歡喝茶，總是這樣，從來不見她拿起酒杯，也有一個電腦，還堆著幾本書，她的時間幾乎都是耗在電腦前，一坐幾個小時。史密斯很少見到這樣安靜地女人，更讓他不解的是，那女人在家裡總是穿著外套，有時還披上了大衣，這是他想像不出的習慣。她家裡同樣也沒有男人來過。

　　從年紀上看，兩個女人都在三十多歲，可是，她們的穿著，情緒狀態卻這樣不同。史密斯有時漲紅了臉，對面兩個窗子裡面發生的事，像祕密一樣留在他的心中，擔心會不會太窺視人家的隱私了呢？後來一想，這有什麼，窗簾是她們自己開的，行為是她們自己做的，即使看，也是情不自禁的事情，他的觀察漸漸的變得更加深入。

（二）

　　週末的傍晚，史密斯放下畫筆，為自己畫作《內心》的構想思考著，這是一幅通過人物畫面，表達與社會生活的畫，一個深沉的含義是，社會中的人該是怎麼樣的。他望了一下窗外，看見對面窗裡的兩個女人都在屋裡，她們各自都在忙著自己的事情。

　　法國女人的家裡多出了一個大鏡子，正好對著她的圓桌。她換上了一條時髦超短裙，綠色的基調，裹著她優美的身段，她開始站在鏡子前面擺弄著各種姿勢。有時掀起裙子露出了全部大腿，十分性感；有時噘起塗抹紅紅的嘴唇，展示女人的嬌豔，她在用自拍的相機為自己打造不同的女性之態。沒想到的是，她接著換上了一條透明的紗裙，真酷，竟然能隱隱約約地看到裡面的胴體。史密斯驚呆了，他從來沒見到過這樣美妙的情景。說實話，請模特畫畫也是常有的事情，那些脫光了的身子倒沒讓他「驚慌失措」，怎麼這女人穿著紗裙的感覺倒是讓他震撼了。他把頭縮回了一點，似乎是有點回避和靦腆，腦袋裡生出一個想法，如果請她來做模特，該是多麼奇妙。

　　同一時間，那個中國女人家也有了新奇的事情，屋裡正中多出了一個飯桌，家裡出現了三個女人，她們往上面放了很多飯菜，幾乎擺滿了整個桌子，接著，他們開始吃了起來，五花八門的菜色是史密斯無法猜測的。他平時特別愛吃中國飯，這麼豐盛的晚餐，幾個女人竟然連一瓶酒也不喝，他感覺挺遺憾。沒想到的是，在她們吃飯期間，女主人還放下筷子，用手巾不停地擦著眼睛，好像在哭似的。旁邊的兩人，一個在不停

地撫摸著她的身子，另一個在和她說話。屋裡到底發生了什麼
呢？史密斯感到困惑，他同樣生出一個想法，如果自己做了她
的朋友，一定會幫助她解難。

　　那天夜裡，當兩個窗簾都拉起來以後，史密斯的心變成
了空白，他看著兩個遲遲沒有關燈的窗子，不能入睡，期盼著
窗簾再次打開，或許會給他帶來什麼驚喜。畫家把從紙板上想
像的畫面，變成了生活空間畫面上的想像，他從抽屜裡翻出了
那個不大的望遠鏡，甚至想到了這樣的場面，和她們在一起相
約。相約做什麼呢，史密斯找不到一個好的主題。他還擔心，
一旦認識了以後，可能失去再能「觀賞」的機會和祕密。

　　第二天出門，在路口果然遇上了那個法國女人。開始他有
點懷疑自己的眼睛，眼前她穿著十分正宗的「職業女裝」，臉
色嚴肅莊重，走路都十分「職業」化。這和窗子裡見到的人完
全兩樣。她在匆匆趕路，趕上巴士，隨車一股溜地走了。史
密斯沒和她搭腔，真不想，保持這樣的神祕渴望，會使自己更
刺激。

　　發現中國女人顯得更加容易，相貌一眼就能看出，史密斯
在大樓下面見到了她。穿的幾乎和在屋裡一樣的服裝，總是低
著頭安靜地走著，像是這個城市只有她一個人，文靜優雅。史
密斯早就聽說過，中國女人的性格是溫柔的，在感情上比較可
靠，值得一交，如果在一起過日子，會更加放心。

　　史密斯的生活習慣和內容，也因為這兩個女人的出現發
生了變化。盯著自己的畫板，一幅沒有構思完成的畫，他感覺
自己的靈感變得更加不清晰了，一時不知道如何來表達畫面所
想表達的主題，他決定暫時擱置下來。北方的雪隨著深冬的來

臨，更加寒冷和漫長，這裡的人們大多喜歡屋內保持適度的溫暖，總是初夏的感覺，史密斯開足了暖氣，穿著襯衫，喝著濃濃的紅茶，打發冬寒的寂寞。

傍晚，下班的人都陸續回到自己的家裡，史密斯又看見那個法國女人出現在窗前，她匆匆脫下身上的工作裝，丟到一邊地板上，只穿著短褲和胸罩，打開了一瓶紅酒就喝了起來，很快高腳杯空了，接著又倒了一杯，她喝了一口，開始對著鏡子手舞足蹈地罵著，不時又抱住自己的腦袋，把頭髮也搞的亂七八糟。顯然，她在發火，很不高興，和誰發火，為什麼這樣急躁憤怒。這時，史密斯意想不到的事情發生了，只見她拿著一杯紅酒對著鏡子砸去，頓時酒杯粉碎，她抱頭對著窗子大哭起來。他被嚇得退了一步，舉著手對著窗那邊自己說，姑娘別這樣，千萬別急啊。這時，他發現那女人盯著了他，眼光裡充滿憤怒，發現了他看到了自己所做的一切。史密斯一時尷尬急了，他愣在那裡。那女人一把拉起了窗簾，他才狼狽地把頭縮了回來。

這件事情發生後，史密斯心裡十分不安，他不知道那女人會對他怎麼樣，晚上躺在床上做起了噩夢。女人光著身子坐在畫室，盯住他問，你到底想畫什麼？他看著女人的身子那麼美妙，不過她的眼睛讓他恐懼，他不知道該如何回答，就說，畫一種看不見的東西。女人說，什麼東西。他說，內心。女人說，這不是隨便可以畫出來的，想畫我嗎，畫砸碎杯子的哭聲嗎？說著就向他撲來。他叫了一聲醒了。史密斯流出了一身冷汗，再也睡不著了。後來他還是想通了這件事，那女人不會把他怎麼樣，自己最大的問題不過是看見而已，就這麼簡單。自

從那件事發生後，法國女人的窗簾關著時候多了，裡面發生了什麼，只能在有些透明的黃紗布後面，看到某些「感覺」。而史密斯的記憶中的畫面，只剩下她瘋狂的舞姿和恐懼的眼光了。

史密斯現在能看到更多的只有那個中國女人。在他看來，這女人的言行沒有什麼令人刺激的地方，她的生活總是撲在那個書桌前，一個大大的瓷杯放在旁邊，就像是她的愛人。唯一讓他難以理解的是，為什麼她選擇這樣鬱悶的生活，甚至常以獨自哭泣來陪伴呢。其實，這才是史密斯最牽掛的事情，他的關注帶著幾分憐憫。有一天，他發現她站在窗前，看著遠方，哭得十分厲害，用紙巾不停地擦著眼淚，可能是看到了他，立刻把窗簾拉上了。中國女人的窗簾從那天關上後，再沒有見打開，或許也打開過，一定是在史密斯沒看到的時候。

史密斯在窗子裡看到兩個女人，更多的是一種困惑，是生活中難解的疙瘩。現在，他已經看不到她們在做什麼，窗簾已經不再為他打開。幕後的謎團反而緊緊地糾纏著他。

按理說，這樣對史密斯來說，是一件好事，該靜下心畫畫了。可惜他做不到，相反，如同一個「無賴」的偵探，無論在心理上還是情緒上，他時刻不在關注著這兩個女人。

（三）

史密斯和那棟大樓的房管人菲力浦交上了朋友，這當然不是偶然。

他介紹說自己在對面大樓的最高層。又說起自己的家正對著的兩個窗子和看到的兩個女人。菲力浦說，這兩套房都是她

們自己提前預訂購買的，她們都說選擇最高一層，是要自由自在，不受干擾。史密斯說，這和自己的想法一樣。菲力浦說，那個中國女人的母親曾來過探親，專門看過套房。她說，正在辦理移民手續，準備過來陪伴女兒，還說女兒不容易，收入不高，這裡的套房支付很大。史密斯問，她沒有男人嗎。菲力浦說，聽她母親講，她是出國讀博士的，後來找工作不順利，畢業後做起了一個博士後的工作，她更喜歡國外的生活，決定留下來。母親說，他們的事管不了啊，先生不願跟她過來，感情出了問題，分手了，把孩子也留在國內。史密斯說，哦，也真是可憐的女人。菲力浦說，那是啊，前段時間「母親節」快到的時候，她天天下樓問我送信的人來了嗎。我說，有什麼急事。她笑著說，中國的兒子說「母親節」會給她寄上特別的禮物。史密斯沉默了，停頓了一會兒，他說，好像她性格很內向，身體狀況也不是太好。菲力浦說，性格內向那是的，中國女人大多都這樣，關於身體狀況就不得而知了。史密斯第一次聽到了這麼多關於那個中國女人的「故事」，不過，他在窗子裡看到的很多事情仍然是一個謎。

　　偶然的事情，更多是留存在記憶中，一旦「習慣」了，就會多少影響生活，史密斯確實有了不「習慣」的感覺，有時呆愣著坐在窗前，看著對面的窗子，對面的兩扇窗子，也呆愣地盯著他。有一天，這個「尷尬」的情況被打亂了，那個法國女人突然敲開了他的家門。女人衣著文雅，溫和地對著他笑。他頓時驚呆了。女人說，想問你一點事。史密斯退了一步說，什麼事。女人說，你那天在窗子裡看見了我做的一切，很遺憾啊，平時在屋裡的生活你也知道不少了。史密斯臉漲的通紅，

有些自責和羞怯地說，我不應該去看，只是無意中看到的，真
是無意之中。女人說，我搬到最高一層，本想是不會有人看到
的。史密斯哼了一聲，說，很歉意了。女人說，既然你都知道
了，我來只是告訴你真相，想請你幫助我。史密斯說，我能做
什麼，你相信我嗎，如果可以幫助，一定效勞。他此刻的心變
得十分複雜，會有什麼「驚喜」的事情發生呢。女人說，我在
一家律師事務所做秘書，那裡的工作鬱悶，嚴肅又要小心認
真，面對五個律師的常務工作，非常幸苦和勞累，那可是我不
喜歡的工作，還時常受到指責，每天應付的事情讓腦袋要爆炸
了，一點辦法都沒有，壓力太大了。我原來是學舞蹈的，跳舞
掙不了什麼錢，付房貸，自己需要有品質的生活，必須堅守一
份工作，現在雖然經濟狀況還可以，每天工作完回到家，就像
被關了一整天牢籠的的餓鳥，需要飛翔，需要發洩，需要展示
自己的本身啊。告訴你吧，你看到的，就是我的發洩，釋放煩
惱。她說著眼淚也掉下來了。原來是這麼一回事，史密斯萬萬
沒想到就是為了一份壓力，僅僅一份壓力。女人說，那天我把
酒杯砸了，是因為當天工作上的一些失誤，受到主任的指責和
批評，心情壞極了，回家後就發生了那件事。女人說，其實，
這成了我的生活方式，發洩了，我的整個感覺就平衡了，第二
天去工作的情緒會好很多，對我來說很有效。史密斯都聽得迷
住了，又同情，又覺得有些不可思議，在他的生活中，遇到再
大的困境，從來沒有過這樣的處理方法。他點著頭說，生活不
容易，不容易，這就是生活吧。女人說，這件事只是她自己的
生活，自己心中的祕密，她不想對任何人說，現在他知道了，
請求不要說出去。史密斯當場答應了。

（四）

　　兩個女人購屋的選擇和史密斯在窗子裡看到的一切，讓他譁然。

　　關於窗子裡發生的祕密故事，已經知道二三，他不想再為期待窗子的打開發現更多的「驚喜」。我們的社會充滿著各種不幸，每個人的生活都是自己的，都有自己難以啓齒的一面。史密斯的心終於平靜了，當他再次思考自己畫面的那個主題時，他決定把見到兩個女人的表情畫面展示出來，這就是他作品《內心》所表達的人心理的外像，是真實寫實的誇張。

　　拿著畫筆，史密斯的腦子裡仍然留著兩個揮之不去的疑問：那個法國女人如此「瘋狂」的動機，僅僅因為壓抑而發洩嗎，她追求的品質生活，難道就是為了這個？那個中國女人為什麼總是套著那件厚厚的外衣，是因為病因和身體虛弱，造成她和丈夫分手的主要原因嗎？

死了，也要活過來領彩

取名叫皮特的人很多，他就是很多人中的一個。平淡的生活還有幾分苦澀，因為沒錢，常常讓他心情不好。租一個單間，上個廁所也要和別人共用，有時需要憋住，小小的套房裡，最無法忍受的是那個難以散發的氣味；房間裡的垃圾，誰打掃，誰收出去，爭吵之後，房客關係難處，這事成了煩惱，這些，只是最小的例子。他認為這一切都是沒錢惹的禍，受氣和生氣是無法改變的命運。有一點錢，他喜歡買酒，泡在狹窄的小屋裡自我「發洩」，然後昏睡一場。

走出巷子，對面就是有錢人的豪宅，他想不通為什麼會蓋在他們的區域，抬頭仰望感到自己十分渺小，心情頓感不適。買了一箱酒，剩下不多的錢，突然想到買一張彩票，或許會發財，真想把那幾幢豪宅也給它收了。

那個晚上，「泡酒」的皮特想起了那張彩票。從床墊下找出來，在電腦裡看了幾遍，驚奇地發現，幾個數位都全部對上，時間也相當吻合，連顏色也一模一樣。興奮的他又乾了一瓶酒，不放心再次細看了一遍，顯然是中獎了，肯定地說，一百萬那筆錢已經毫無懸念地屬於他的。一陣子高興，不知道如何是好，拍拍腦袋，他想到了兩件事：一是馬上簽名，別落到別人手裡；二是馬上藏到安全之地，別丟了錢財，甚至想到是否躲過「熱鬧期」再去領錢，可惜自己手上毫無分文，還是

決定立刻兌現。做完這些以後，他感到心臟已經跳到了嘴邊，興奮的難以克制，無法睡去，吞下了一顆安眠藥，輾轉反側許久，仍無效果，又吞下幾片。這回他終於睡著了，應該說，死掉了。

皮特的記憶裡是在另外一個世界，是他小時候書裡描寫的地方，那裡是一個無邊無際的田園，花草滿地，牛羊成群，一片歡歌笑語，他真的重生了。讓他不可思議的是，在那個世界裡，他無法想起自己需要幹什麼，什麼都不需要，沒有想法，沒有犯愁。有美好的家不需要房；安靜的睡眠不需要床；吃的合口不需要做飯，朋友交往只有笑聲不會爭吵；人和人也都長得一樣；連大小便也不需要廁所；喝起酒來只剩下幸福，一切都那樣的完美。皮特對這樣的生活感到欣慰。不過不知道為什麼，在死去的世界裡，他心裡還惦記著一件事，讓他死的很不甘心，就是那個一百萬如何處理，為了這筆錢，他必須活過來，因為他還沒有感受過躺在這筆錢上的生活，就像他的生活剛剛開始，無論如何他不甘心。他想明白如何做一個有錢人，在自己的家裡走來走去，甚至可以光著屁股；在別人面前該是怎樣的臉嘴，當然可以教訓鄰居；在自家的廁所裡安心地大小便，氣味自然流通，等等。他無論如何要活過來，分享這個難得的機遇。

皮特無法死去，死去了變得操心萬分。他在想那個彩票到底放到了哪裡，是否包裝嚴密，不會招到老鼠的浩劫；簽名用了什麼墨水，是否會退色而失效。他在死亡的世界裡拼命掙扎，必須活過來，必須享受這個人間不同的生活。越想越急，狂喊狂叫，他突然醒了。

他沒有死，發現自己還活著，因為藥物作用整整睡了兩天。他晃晃頭說，「怎麼回事」？不過很快知道是吃藥睡去的緣故。這時候，他想到的事還是那張彩票，爬起來，從床墊下翻出來一看，仍完整無缺。皮特開心極了，不能再等待下去了，立刻跑去兌換。此刻的心，是無法用語言形容的，他覺得未來的生活，比那個「死去」的世界會刺激多了，他是一個高貴的人。

　　可惜，結果出來後他並沒有中獎，他萬萬沒想到，「6」號那天他中獎的時候，沒有下手，而是在「9」號買了彩票，這兩個字母為什麼「倒」了過來，他的眼睛也完全看「倒」了。一氣之下，皮特哭著趴倒在地。

　　晚上，心情壞透的皮特用最後剩下的錢，又買了一箱啤酒，躲在狹窄的屋裡狂喝，他知道自己並不屬於那個幸運的寵兒，可能永遠都不屬於。眼前，他突然看見桌上豎滿了一個個碑文，密密麻麻，十分想念死去的日子，那裡才是真正無憂無慮的地方，是自己生活最好的選擇。想到這些，他又把剩下的最後一瓶酒灌下，吞下幾顆安眠藥，期待著那個死去時刻的到來。

　　他果真再一次「死」去了，可惜他丟失了記憶，沒有去到上次的地方，而是去了醫院，而且不到一天就澈底地醒了。醒來的他，和以往沒什麼兩樣，又被送回了他的家，那個狹窄的小屋。

赫拜的健康畫像

（一）

　　劉洋和赫拜是在自助餐館裡相識，幾個愛好畫畫的走到一起，拿出自己的作品交流很開心，決定在一起吃一頓飯。儘管只是玩玩，說到自己的作品時，每個人都有十足的自信。

　　赫拜站起來說，我擅長畫自畫像，說著舉起一幅畫，一個笑嘻嘻的臉對著大家。畫面上的他十分可愛，大大的頭，圓圓的臉，胖乎乎的，蘋果紅的臉色，一絲皺紋都沒有。劉洋看了一眼他本人，確實很像，只是畫像顯得更飽滿，更紅潤，臉部表情更歡快。赫拜說，我自畫像的特點，是體現健康的人文風格，適度誇張的形象美，歡笑的情緒美，體現著兩個字「健康」。他的話音剛落，大家鼓起掌來，有人說，你看人家長得多麼豐滿可愛，劉洋一時找不到適當的詞，感覺有幾分佛像的意味和氣質，一看就是愛健康的人。

　　赫拜坐在對面，劉洋稱讚他的畫不錯，人也變得更健康。他開心極了，當場說要為劉洋畫一幅人頭像，還說，會畫的比本人更「酷」。他說的「酷」就是看上去更「健康」。劉洋也當場邀請他到家做客。

　　吃自助餐是件難以自控的事情，桌上相對的兩個盤子裡，劉洋以素菜為主，赫拜裝滿了葷菜。赫拜的口感很好，飯量也

大，吃烤肉，臘腸，義大利麵和披薩，來回換了三次盤子。可不見他吃什麼青菜，手上拿了兩朵芥菜花，晃來晃去，當水果吃了。劉洋知道這是飲食習慣，是赫拜的習慣。

（二）

　　赫拜到家吃飯的安排也敲定了，劉洋準備做頓中國大餐，老外沒有不愛吃中國飯的，可沒想到遭到了拒絕。赫拜說，繪畫需要時間，只想吃頓速食。劉洋問，什麼速食？他說，買幾個食品罐頭就行。劉洋說，就這玩意，也太簡單了。可他堅定地說，很好，易開罐裡的義大利麵，蘑菇麵雞湯，土豆牛肉等，都很健康，微波爐一熱，就行啦。他還強調，這樣省了時間，保持的營養，味道也不錯。當然，當然什麼呢，他沒說出來。後來劉洋想了半天才明白，當然也很經濟實惠了。

　　赫拜要求就這麼簡單，劉洋雖說有些不好意思，也就答應了。

　　開始，赫拜談起了畫像的構思，用了「現代色」這三個字，要讓劉洋的整個面目煥然一新。開心的劉洋說，煥然一新的「概念」該是指我形象的真實一面和精神的另一面。赫拜鼓起手來說，耶，很對。

　　當然飯吃了才有動力，劉洋把罐裝義大利麵放到桌上，瞇細著眼睛說，你要求的簡單，我又遇上特價，今天吃的真是太經濟了。他剛想打開，赫拜說，等一等，讓我先看看。他拿起來，盯住了上面的出廠日期。劉洋說，剛買來的不會過期。他說，這個日子好像接近到期了，還有不到二十天了。劉洋說，

二十天不是還很長嗎？他說，不能說很長，廠家總是把有效期放寬了。劉洋說，怎麼可能。他說，那是絕對的。劉洋說，有人對你說？他說，沒有，不過這是合情合理的延長，因為這段時間裡，食品是不會壞的。劉洋不知道該如何回答，這確實是關乎健康的問題，趕快說，要不就別吃了。赫拜立刻舉手搖晃著說，不是這樣的，沒有這個意思。不過他的眼睛還在那罐子上轉，像是發現了什麼。劉洋耐心地等待他最後的決定。赫拜支支吾吾地說，好像沒有吃過這家公司的罐裝食品，怎麼罐子上沒有明確圖案。他這麼一說，劉洋發現確實有這個「問題」，不過，這也不奇怪呀，不是有名的牌子而已，自然也便宜一些。赫拜說，主要是擔心放了花生，我對它是過敏的。哎呀，還有這個問題，他在上面找了半天，最後說，上面沒有找到說明，糟糕透了，為什麼沒寫呢？劉洋這會兒倒急了，十分歉意，肯定地說，我們不吃它，肯定不吃了。

這是一件尷尬的事情，赫拜不停地說不好意思，劉洋也在不停地致歉。

劉洋又想到了做中餐。赫拜還是沒有同意，他提出要外賣。外賣，劉洋問想吃什麼。他說，漢堡包就好了。什麼，劉洋說，這多沒意思，你到我家做客，怎麼能吃這個，是垃圾食品呀。赫拜說，沒事，喜歡，我真的喜歡。劉洋說，你肯定要吃漢堡？赫拜說，肯定，一個「套餐」，再加一份炸土豆，他補充說，今天肚子還真有點餓。劉洋畢竟是中國人，他覺得心裡有些內疚，遇上一個不愛吃中餐的人，招待朋友也成了一件不容易的事。

速食送來後，赫拜吃的很快，吃完套餐，他毫不猶豫地把

外加的土豆也全吃了。他是一個吃飯很「乖」的人，吃飯時幾乎沒有說話，吃完的那一刻，看他開心地拍拍手說大聲說道，飽了，飽了，現在可以好好幹活了。

（三）

劉洋坐在一個鏡子前，赫拜開始給他畫像，從不同的角度看了半天，他說，你的問題是，臉瘦了一些，光澤不夠，整個面部不夠飽滿。劉洋說，就按一個真實的臉盤來畫吧。他哼了一聲說，我不能讓你的形象變得憔悴了，當然是一個真實的，也是一個真正的你。劉洋說，這就是你的藝術水準了。他又哼了一聲說，作品要體現出它的價值，要讓若干年後再看時，同樣具有時代感。劉洋開心地說，這就是真正的畫家。他再次哼了一聲說，重要的是體現我的繪畫價值觀，停頓了一會，吐出了兩個字：健康。說完，他拿起了筆，開始在畫板上畫了起來。

這是需要時間的創作，赫拜龐大的身子讓他幾度無法堅持坐下去，劉洋聽到他氣喘吁吁的聲音，有些不好意思地說，要不休息一會兒再繼續。赫拜說，不行，那不行，現在的感覺正好，他似乎沒感到什麼不適，興奮點在畫面上，在給劉洋畫一幅健康的頭像，送他一幅驚喜開心的人生肖像。

兩個小時以後，赫拜興奮的把自己創作的作品交給劉洋，他一看驚呆了，畫面上的他，幾乎完全變成了一個寺廟的佛像，胖乎乎的臉，蘋果紅的臉盤，只是比赫拜的自畫像小了一個規格，快樂的微笑著，細看上去，還真有幾分自己的特徵。

劉洋一時不知道如何評說，這顯然不是今天他的模樣，不過，可能幾年之後會這樣，可能健康的畫像就這樣。他想了半天笑了，赫拜也開心地笑了，為劉洋畫出了希望和祝福。劉洋盯著畫看，看得好激動，無論如何都要感激他。

赫拜走後，劉洋一直在想，健康到底是理念還是感覺？是精神還是飲食？他畫創作的健康理念，難道是一個胖乎乎的臉嗎？

搖椅

　　這座城市，對於皮埃爾來說就是他一個人，出生在這裡，對這裡有種依賴的情緒，如同他的父母親，大學畢業後找到一份滿意的工作，也就不想離開。生活本來就是平庸的，兩歲時就失去了父親，母親把他養大，改嫁去了美國。他已經習慣了一個人，他知道上班該做什麼，回到家躺在床上，就像一塊雕鑿的石頭，僵硬地空白著，他喜歡坐酒吧，渾濁的氣泡，會讓他的情緒回升出幾分快活。

　　週末的晚上，喝了很多酒的皮埃爾搖晃著身子走出酒吧，點著一支煙，靠在一家店鋪的窗前，裡面是一個舊家具店，窗台上擺著的一個搖椅引起了他的注意。顯然是一個很舊式樣的，保持著木製的本色，沾滿了油膩和灰塵。醉酒的皮埃爾眼前是一片模糊，那麼熟悉的搖椅，似乎在哪裡見過，他突然想到了父親，那個父親為他做的搖椅。盯著看了很久，風很大，他的酒意也好像消失了。

　　躺在床上，翻出了母親留給他的那張照片，有個男孩坐在搖椅裡，椅子的式樣似乎和在店鋪裡的一模一樣，旁邊站著一個男人，母親說是他兩歲生日和父親的留影，那個搖椅就是父親手工做的。父親在他的心目中沒有留下任何印象和記憶，記住的僅僅是那張照片，更多記住的是那個搖椅，在今天的城市裡，幾乎見不到了，父親是一個出色的木匠。那個年代，木製

的手工家具藝術是高雅和昂貴的，聽母親說，那個搖椅花費了父親不少的時間，這也是她一直保留著那張照片的緣故。皮埃爾腦子裡尋回不清著一種遺憾，自己的生活中，怎麼就從來沒有過一個父親，這樣一個男人和他的形象該是怎樣？

第二天皮埃爾去了那個舊家具店。

店主竟然是酒吧裡常見到的那個伊旺，因為人長得精神，均勻的身材，眉骨很高，有一雙深藍的眼睛，看上去很有活力，皮埃爾對他記憶深刻。當皮埃爾談起了那個搖椅時，他表現出很大的興致，這樣的舊家具店很少有人光顧，至於那個搖椅，很像一個裝飾品。伊旺說，以前他也做過這樣的搖椅，製作工藝複雜，很費時間，自己做過幾個沒有保留下來，挺遺憾的。這個搖椅是收購來的，很多年了，因為特別喜歡，只是保留著觀賞。他說，自己專做舊式家具，生意無法維持，開了舊家具店，一是維持小生意，二是保留一生的那點熱愛。

皮埃爾沒想到伊旺也是一個木匠，他問，這搖椅是從哪裡收購來的？伊旺說，很多年前一個婦女送來的，她說因為孩子大了，自己要搬到其他城市，搖椅的工藝精貴，其他人也不懂，實在捨不得丟了，還是送到行家的小店。伊旺說，我兒子出生的時候也為他做一個同樣的搖椅，後來和老婆分手，搖椅連同孩子就跟她走了，再也沒有見到她們，這個搖椅留在身邊，倒也成了一個記憶，他的話說的有些傷感。皮埃爾細心地聽著，世界上竟然有那麼巧合的事情，聽母親說，父親為他做的那個搖椅，後來也是送到了一家木匠的舊家具店裡。他抬起頭盯著眼前這個男人，心裡有種說不出的情緒。

在店裡的桌子上，擺著一本家具圖案和描繪的書，伊旺

說，以前做的家具，上面都有很考究的花紋圖案，這些圖案代表了本地傳統風格的特點，他喜歡繪畫，特別是家具繪畫。在一頁搖椅的圖案上，在椅子的靠背後面，就有一個耙子的圖案，象徵著本地收穫的時節。皮埃爾聽母親說過，父親懂繪畫，也是一個很不錯的木花紋設計人，坐在伊旺身邊聽他講述著圖案的藝術，皮埃爾身心感到突如其來的溫暖，像是傾聽父親的介紹。

離開舊家具店的皮埃爾，有些不能自己。躲在家裡端詳著那張和父親在一起的照片，圖片上能看到的真實椅子是有限的，他的身子幾乎遮擋了大部分。皮埃爾想，眼前的搖椅會是放在店裡的那個嗎？他想知道椅子背後也有那個「耙子」的圖案嗎？他立刻給母親打電話詢問。母親說記不得了，時間太久，不過她說，自己確實把搖椅送給了一個木匠，但不是一個舊家具店。母親又給他講起了一些關於過去的事。

自從認識了伊旺，皮埃爾到酒吧的時候就更多了，週末的時候他們都幾乎「相約」在一起，談論著自己，特別是談論著木匠的生活，舊家具和家具藝術。伊旺說，很喜歡皮埃爾，感謝他對自己身世的興趣。皮埃爾的精神也突然變得充實起來，他最有興趣的事情就是見到伊旺，最開心的事情就是聽伊旺講過去的生活。有一次，他問起伊旺和老婆孩子分開的事，他說，因為做藝術家具的好時光終歸不長，掙不了錢，家庭生活有了問題，夫妻爭吵多了，也只有分手了。他說這些年自己變得更加貧困，感情的巨大傷害，不想再為家具「藝術」奮鬥下去，又懷念這份職業，就單身一人開了這個舊家具店，留下一些記憶，那張搖椅之所以不會賣出去，也是想念兒子，紀念自

己曾經做過的搖椅。

　　皮埃爾從來沒對伊旺說過自己的身世，他不想說，只是想保留和伊旺相識的美好感覺。父親到底是怎麼樣的，他在悄悄地從伊旺身上感受著一種父親的感情，盯著伊旺的臉，他感到很親切，很熟悉，很溫暖，有一種強烈的依念感。他永遠不想對伊旺說關於他的父親，但是，在這座城市裡，他感受到了父親的存在，他很幸福。

醉酒的最後時光

　　幾個月來，密西爾酒喝得越來越凶，每天都要進小店好幾趟。早上一開門，第一個客人就是他。

　　他不愛笑，嘴上不停地叨叨著，沒人聽的清楚說什麼，也顧不上和店主打招呼，買十二瓶酒*，匆匆忙忙走了。過不了一兩個小時回來了，紅著個臉，又買六瓶酒，他的手有些顫抖，也有些醉意，說話的聲音大了，開始對著店主不停地說，我還有十萬，是我的，十萬，真的。別想拿我的，不會給他，絕對不給。他到底有沒有這個錢，沒人知道，聽多了，店主明白他說的那個「他」，就是密西爾的兒子。他習慣於請店主幫助把酒放進包裡，手有些不使喚，對自己也不自信了。沒過多會兒他再次回來，在酒櫃那裡轉來轉去，要買一瓶酒，顯然，剛才買去的酒並沒有喝完，喝多了，他就是這樣，店主習慣了。這是一個最好的客人，在店裡是消費最多的，做生意的人永遠是客氣的。

　　密西爾喝酒的失態，多少也引起鄰居朋友的擔心。鄰居說，最近不見他做飯，很少去買吃的，只剩下喝酒了。小店主也私下對老婆說，他年紀不小了，一個單身，看他每天疲憊的身子，再這樣喝下去就完了。老婆瞅他一眼說，別為人家擔憂，沒他買酒，你的生意也缺掉一塊，你也要想去醉酒的。這是真話，冬天生意壞極了，小店就這麼幾個「關鍵」的客人，

有時早上開門不見密西爾等在門前，店主也感到缺了什麼，就像這天的生意出了問題。

在這個小鎮子裡，人口不多，大家都很面熟。密西爾曾經開過一個汽車零件店鋪，後來，為了幫助兒子，連同房子和生意都轉給了他經營，現在一個人租在一個兩室一廳的房子裡，過著老年人的退休生活。剛開始自己生活的那段時間，到小店不過就是買點牛奶，麵包和飲料一類的東西，從不喝酒。後來，突然喝起了酒，而且喝的癡迷，每天醉醺醺的。偶然也有清醒的時候，坐在家門口，和鄰居會說起家裡的事，說到兒子小時候和他生活的那些故事，也會情不自禁地笑出聲來。不過是很短暫的時刻。

如果一個人喝成酒鬼，會讓人們討厭，密西爾不是那種人，他喝酒的情緒是傷感的，那天進了小店竟然哭了。店主說，發生了什麼事？他說，心情壞透了，我那個不成器的兒子，把我轉給他的生意做倒閉了，房子也抵押了，現在又來找我要錢，我手上這十萬，是最後的保命錢。店主說，你的幫助已經不小，對得起他，可以拒絕。密西爾說，堅決不給了，為這事小子也不來看我，斷了關係，同住一個小鎮子上，如同過路人。他擦了一下臉上的眼淚，重複地說著，不會給了，斷了父子關係也不給，如果我走了，就把錢捐給社區，我想好了，已經計畫好了。

密西爾是下定了決心。可是每天醉酒的情緒倒是那般傷感，衣裳油膩了，頭髮變得凌亂，人也消瘦的厲害，說話也有些顛三倒四，不過，每天喝酒這件事沒有忘記，只是越喝越喝不動了，有兩天，他沒有去小店。聽鄰居說，看到醫院救護車

來把他拉到醫院去了。後來他又恢復了買酒，不過變成了另外一個樣子，沉默寡言，和店主如同陌生人，也不搭理，嘴頭不再掛著叨叨話。

冬天來了，雪下的很大，那幾天的積雪超過了半個大腿。小店主早晨開店門沒見到密西爾，過了一周積雪化了，還是沒等到他的影子。店主的老婆也急了，一年最清淡的生意，多麼盼望密西爾這個好顧客的到來，他們開始詢問他的鄰居。因為天寒雪大，鄰居們也沒多出門，無人知道。這事很快傳到房東耳裡，他打電話聯繫不上，只好開門進去，眼前的一切驚呆了，密西爾斜躺在客廳的地上，屋子裡散發著難聞的氣味。

密西爾死了，已經幾天了，死於酒後猝死。

消息立刻在小鎮子上傳開。在告別火葬的那天，和他斷絕關係的兒子，出現在火葬場。後來聽說密西爾留下的十萬，也被他拿走了。關於密西爾的遺產問題，律師解釋說，沒有找到任何密西爾留下的遺書和證據，證明他有把這筆錢捐給社區的計畫和安排。他唯一的兒子，是理所當然的繼承人。

小店的主人也感到悲傷，他們失去了一個最好的顧客。店主最明白，每天醉酒的密西爾，哪裡還顧得上去準備遺書和辦理公證，糊塗了酒精的心，只顧上為生命的感情在哭泣。

*在北美，通常十二瓶酒為一箱，六瓶酒為半箱包裝。

鼠弟，貓哥，和他

　　這個城市在日新月異的變化，樓房像是在攀比自己的富有，越來越高大。他，住的那個出租平房變得越來越矮小，也越來越破落。當太陽再次落到家的小視窗時，他知道有一天，會再也看不到陽光的，甚至不再有陽光。

　　前幾天，門口的大路被推土機挖出了一個個大坑，城市到處都在開口，一片狼藉，他的家變的不寧靜了。因為來了一隻老鼠。

　　無家可歸的鼠弟，夜裡沒顧上睡覺，把他放在櫥櫃裡的蛋糕吃了一個坑，一眼看上去，很像城市的高樓下被挖了一個洞。那塊蛋糕是他早上預備的食品，因為便宜實惠。昨天隔壁鄰居生病，煮的一鍋雞湯招來鼠弟的破壞，氣得要死，他還說自己幸運，現在輪到頭上，感到氣憤，身上已經沒有錢了，吃早餐的事也落空了。他看了看被咬剩的另一半，猶豫了一下，很快打消了念頭，就算浪費了也不能再吃。眼前要做的只有一件事，打掉這個老鼠。

　　他決定就用牠啃剩的蛋糕對付牠，在旁邊周圍放了粘鼠膠。他猜測，因為飢餓路道不熟，第一次闖入的傢伙肯定投入陷阱。第二天一大早發現，被咬過的蛋糕深陷大洞，如同隧道一般，搖搖欲墜，幾張粘鼠膠紙毫無變化。這是他沒有想到的，在這座城市到處基建破壞極大的情況下、儘管四處奔跑，

鼠弟竟然如此具有防範意識，生存的那麼有致。對於生居貧困的他來說，詭異之下變成「恐怖」，為了生存，也必須和鼠弟戰鬥到底，趕牠出門。他決定不再買吃蛋糕，改為吃土豆片。

　　早點吃土豆片有點奇怪，他純屬賭氣。想吃包子是不行的，吃麵包也有風險，土豆片堅硬的塑膠袋可以頂住。第二天果真沒有問題。不過，他的煩惱並沒有解決，街道的大坑在不斷的擴大，只是為建新高樓的開始，鼠弟借住他家不會一天兩天，一個貧困的打工仔，受不了如此折磨，畢竟是搶了他碗裡的飯，「殘酷」地剝奪他的生活。煩惱之餘，他自然想到了貓咪，這條破爛的街上，有得是足夠貧困的小貓，找一隻貓哥，讓牠在家裡待兩天，把鼠弟趕走了，再把牠放回街頭。這是一個很有效，很實際的想法，也很容易，想到這他非常開心，在街頭抓來了一隻小貓哥。

　　貓哥對這個新家並沒有感到安心，進家之後迅速鑽進了床底下，躲在角落裡。他對貓哥說，咱也是給你找個飯吃，不要那麼驚恐。貓哥一動不動，只見一雙眼睛閃著光，像是警惕著他的襲擊。他說，你只要明白你該做什麼就行了，如果晚上冷了，可以到咱懷裡取暖。貓哥仍然一動不動。他對著蝸居的小屋說，鼠弟同樣需要你的理解，這是咱一個小小的家，互不侵犯好嗎？這條街如此變遷，生路肯定要靠自己，不要佔有別人的，沒有誰可以不顧自己而放棄生存。他的話在屋裡轉了幾圈，屋裡所有的耳朵都聽見了。

　　第二天一早醒來，他爬在床上往下面看，發現貓哥還在那個角落，只是牠身邊多了一條圍巾，那是很多年前女朋友送給他的，因為沒錢，人家走了，破爛的圍巾被牠當作了床墊。他

沒想到的是，放在櫥櫃上的那袋土豆片被咬了一個洞，牙齒竟然如此犀利，顯然鼠弟已經吃了。鼠弟爬上了高高的櫥櫃，居高臨下並沒有被地上的貓哥嚇走。更沒想到的是，他看見鼠弟躲在櫥櫃角落看著他，而且，嘴裡還嚼著東西。那是一個很小的老鼠，小的讓他難以置信牠的膽量和本事。牠盯著他，吃著一片土豆，就像示威。這算什麼世道，他想大聲吼叫，又忍住了，只有穩住牠，他知道把貓哥請出來，才是唯一的辦法。他在床上輕輕拍打著床板，還小聲地說著，咪咪出來，有吃的，鼠弟就在櫥櫃上，出來啊，咪咪，他用溫柔的語氣說著，希望貓哥明白他的意圖。可是，貓哥颼的一下跑進了廁所，把求救當作了恐嚇。

沒過多會兒，鼠弟走了，他無奈地坐著發呆，聽到自己的肚子唧唧地叫著。這時，他發現貓哥站到了廁所門前，正盯著他看，眼神像一個飢餓的掠食者。他知道，飢餓的貓是留不住的，當牠沒有吃到老鼠的時候，主人必須送上吃的。要趕走鼠弟，還得養住貓哥。無奈之下，他走進了寵物店。

自從貓哥進到家來，從來沒和他打過交道，始終沒有做成朋友，牠像一個被嚇壞的幽靈，只有在他醒來時，看見那些貓食已經被吃的精光，他才知道牠曾經出來過。不過，他仍然自我安慰地說，這是一個好現象，貓哥的出現對鼠弟來說是巨大的威脅，牠肯定會自動離開。

過了兩天，他下班回家，床上多了一片髒物，是一塊被鼠弟咬剩的糖。牠沒有離開這個家，而且更加猖狂。那個做貓哥的沒管事，還在床底下養的，有時甚至聽到牠的鼾聲。他把頭鑽進床底下罵道，你知道你是來幹嘛的，我是打苦工的，工資

養活自己都困難，現在還要養你，你就一點忙也不幫嗎？貓哥的兩雙眼睛死死地盯著他，一聲不吭，牠似乎有些明白和害怕了。他換了口氣小聲問，你害怕老鼠嗎？怕什麼，我要你把牠吃了。他把鼠弟吃過的糖塊放到了床下，試圖讓貓哥感受到氣味，增加捕鼠的能力和信心。他就這樣期望著，不過，當他再次查看貓咪的時候，發現那塊糖原封沒動，倒是周圍來了很多新朋友，密密麻麻的螞蟻，好大一片，牠們正在匆匆忙忙地搬遷。他明白，城市確實變遷了，城市的下面不再有牠們的家，如同他一樣，在艱難的生存著。

　　天黑了，他睡不著，想著這個世界的變化，被人人喊打的老鼠是生活在水溝裡，現在跑在桌子和櫥櫃上，大膽忘形；奸猾自尊的小貓倒變得如此膽怯畏縮，連主人也不敢碰一下。他哆嗦了一下身子，有幾分發冷，突生幾分憐憫，想把貓咪拉到被子裡暖暖自己的身子，也溫暖幾分貓哥。他打開燈，頭鑽進床底溫柔地說：咪咪，和我來睡吧，不要你抓鼠弟了，今晚就我們兩人取暖吧。可是，貓哥警惕地盯著他，當他伸出手去抱的時候，貓哥一下子跑了出來，往窗子的縫隙中跑出了家。這是怎麼搞的，他沒有留著貓哥，牠又回到了街頭，他感到十分傷感，收身把自己裹在被子裡，心裡十分酸楚。這一夜，他被噩夢纏繞著，說他成了鼠王，街頭到處亂竄，城市再也找不到生存的地方，有一天變成了孫猴，終於去了西天。你貓哥走了，他的家反而多了幾口子，那個鼠弟媳可能生了孩子，家裡多了年輕的鼠兒。他在走投無路的情況下，決定找滅鼠公司。公司保證他的蛋糕和土豆片不再受侵犯，在他的食物櫥櫃的周圍放了鼠夾，但是，要澈底清除鼠弟必須簽一年合同，每月

二十元。原因很簡單，因為城市發展太快，很難確定鼠弟生存條件的變化，可能隨時進入他的家庭。他也澈底失望了，出租屋的命運只能這樣，決定簽合同面對現狀。

　　時間一天天過去了，儘管他時常看到鼠弟在家裡走動的痕跡，但是，蛋糕和土豆片確實沒有受損。周日的早晨，他正準備早餐，看到門口站著一隻貓，正好是撿來的那個。他說，你餓了，想和我一同吃早餐嗎。想到還留著原來剩下的貓食，趕快去拿，這時才發現，一袋貓食已經被吃的乾乾淨淨。正是牠吃的，牠毫不客氣地吃光了食物。他跑過去想要趕走牠，貓哥並沒退卻，仰起頭盯著他，使勁盯著。他反而倒退了一步，說，我今天真沒錢了，沒錢去買你的食物，他的聲音也沙啞了。貓哥向屋裡看了看，又看了他一眼，轉身走了。

　　他坐在桌前一把抱住腦袋，心情壞極了，不知道是煩悶還是痛苦。抬起頭，桌上放著的那個蛋糕正盯著他，他哪裡知道，幾個鼠弟正站在高高的櫥櫃上，盯著他正準備吃的蛋糕。

墓地裡的祕密

　　在城市那片山地旁矗立著一座住宅高樓，像守望山地的一棵大樹，經歷著春夏秋冬已經很多年了，它的下面由近到遠是一片墓地，清新而幽靜。每天一個男人都會從高樓出來，走進那片不遠的墓地遛狗。住在樓裡的不少人都認識他，那片地是很少有人去的，冬天的時候他的影子和身邊一條長毛大黑狗，在一片白雪地裡，像用筆劃了一撇，變成一道風景，他們從來沒有間斷過。

　　男人叫丁華，三十七八的樣子，那條狗叫大黑。不太清楚主人和牠相處多久了，同層樓的鄰居只記得，幾年前丁華和一個叫伊旺的人共同租住在那套房子，後來只剩下他一個人和那個大黑了。這棟大樓房客流動大，每年都有不少人搬出搬進，大家並不會關注具體的細節。丁華每天遛狗穿過墓地，在大家看來也不奇怪，狗的生活幾乎每天都是一樣的，牠走慣了這條路，這很正常，大大的一片空地，對牠來說也是心曠神怡的。

　　丁華是一個安靜的人，在一間會計事務所工作，很少見他有什麼風風火火的事，平常工作，週末總是回母親的家，他是家裡唯一的男孩，儘管年紀也不小了，沒有結婚，在母親的眼裡，還是一個乖孩子，按照中國人的習慣，他也是很傳統的那種人。

　　到了年末，丁華工作很忙，他必須出差一周離開自己的

家。他請求媽媽到大樓住幾天，看看房溜溜狗。丁媽喜歡大黑，看上去憨厚，牠對她沒半點陌生感，兒子的伴侶也像是自己的孩子一樣。

　　第一天出門遛狗，丁媽順從著大黑通常的習慣往外走，沒想到被帶進了墓地。她對大黑說，咱們來這幹嘛，你知道嗎，這裡不是吉利的地方。她想拉牠往回走，大黑抬起頭看看她，好像不明白為什麼這樣，低下頭又繼續向前，大黑沒走錯路，每天都是這樣走的。走到一條路的拐角，大黑停住了，變成了一個坐的姿勢，抬頭看看她，又看看前方。丁媽說，走累了，好吧，我們待一會，以後就不再來這裡了好嗎。她抬頭看了看大片的墓地，心想這兒子也是，怎麼住到這個地方，她知道孩子畢竟是在國外長大的，根本也不懂中國人的傳統想法，輕輕地歎了一口氣。看看眼前，止對面有一個不大的墓碑，上面寫著：「伊旺・岡巴捏之墓。出生於1971年。死於2013年。」碑右上角有一張小小的照片，她看了看，心咯噔了一下，自言自語地說，這麼年輕陽光的小伙子，太年輕啊。這次遛狗她感到心裡很沉悶，決定下次堅決不走這條道了，由自己選擇樓前的小道。

　　第二天出門，丁媽緊緊拉住大黑往相反的小道走去，大黑不停地回頭，還發出嘰嘰的聲音，她沒理會。在街邊遛了一圈回到門口，剛鬆開了大黑脖子上的皮帶，只見牠一股溜地朝著墓地方向跑去。她急了趕快跟上，大黑沿著昨天的路道走，等她趕上去時，牠正站在那個路拐角處的墓碑前。大黑的行為讓丁媽很生氣，她說，你真不聽話，我一個老人怎麼跟你跑，你來這地方幹嘛呢？她搞不明白，大黑為什麼總在這裡停住腳。

回到家，大黑好像很累，一動不動地趴在地上，丁媽也倒在床上。回視目光，她看到床台上的一張照片，裡面的人很面熟，好像在什麼地方見過，兒子正摟在他的肩上，兩人笑得那麼燦爛。這是誰，她突然想起來了，就是墓碑圖片上的那個男人，就是他。想到這，她抽了一下身子，記憶中這男人好像還去過自己的家，兒子還說過，是他最好的朋友，經常提到他們在一起玩的事。這一兩年確實沒聽兒子說到他了，丁媽感到自己的心沉重起來。

　　在過後的幾天裡，丁媽沒有再阻止大黑，每一次走過墓地，牠都會在路拐角的墓碑前停下待一會再離開。丁媽看看大黑，大黑也看看她，又看看前方的墓碑，她們就像在紀念一位死去的人。

　　丁華出差回來了，對媽媽說好想念大黑，迫不及待地要出去遛狗。這次丁媽沒去，她收拾著東西準備走了。在臨行前，她問兒子，你的那個室友伊旺是怎麼離開的。丁華感到奇怪，說，你怎麼知道這事。她把這幾天所見到的一切，一五一十地全說了。丁華聽著，整個眼圈紅了，大滴大滴的淚掉了下來。此刻，他不想再隱瞞媽媽，把自己從未對家人談過的一段感情故事說了出來。

　　其實，伊旺就是丁華的愛人，他們已經在一起好多年了，十九歲時的伊旺就得了愛滋病，本身身體脆弱的他，一直是丁華照顧著。丁華從沒想過把這件事告訴父母，中國人的家庭難以接受，父母不會同意，更何況自己是家中的獨子。兩年前伊旺離去了，就葬在這塊墓地，丁華和大黑住在城市的另一角。因為大黑是伊旺從小養大的，他走後，牠一直很鬱悶，丁華也

很思念愛人，他決定搬到這幢高樓，從此以後，他們每天都會上山，大黑看到了照片，記住了那個墓碑。丁華說，這件事其實已經過去了，更不想讓家人知道，沒想到大黑這樣動情，他把所有的事都告訴了媽媽，也把大黑緊緊的摟在懷裡。

　　這是一件令丁媽難以接受又非常悲痛的事情。這幾天在高樓的生活，讓她多少意識到了一些可能已經發生的事情。她走上前拉住兒子的手說，媽不懂什麼叫同性愛，但是，看到了你對人是很有感情和愛的，這些年你生活的很孤單，媽也沒好好照顧你，心裡很難受。丁華喊著媽媽說，每一個人的生命中都有不同的愛，只要我們真愛著就是幸福。當媽的再也忍不住了，眼淚奪眶而出。她說，孩子從今以後，媽不會再干預你的事，你是一個懂得愛的孩子。

　　丁華的心，從來沒有像這天這樣釋放開來。擦乾了眼淚，他發現在這座城市，這幢大樓，這個家從未有人知道的祕密，豁然的敞開了，因為媽媽的一份理解，讓他終於走到了生活的理解和真實中。他擁抱著媽媽不停地說著，謝謝啊，謝謝。

赤裸的小屋

　　姜娣三十一歲了，從中國最貧窮的山村走出來，上了大學，讀了研究生，又出了國，現在做了保險公司的職員，這是一場夢。家鄉的人說她運氣才氣一身，欣慕不已，可她自己覺得像是完成了一個「命運」過程，當走過以後，生活並不是那麼愉快。她說不好為什麼，就像沒有找到自己，打不起精神，不願多說話，性格孤僻，自己有興趣的事情越來越少，到底熱愛什麼，想要什麼，都不能確認，生活很鬱悶，她沒想到自己成功的結局，竟然如此。更讓她悲觀的是，到現在還沒有家庭，想到男人，心裡就有幾分「陌生」，不知道感覺在哪裡，他們對於她來說，就是一種欲望的交融體，有些衝動和魯莽的人，無法忘記曾經有過的一次戀愛，那是第一次，也是一次失敗的感情。生活和事業保障了，身心倒感到非常疲倦。

　　為了方便工作，她搬入了那幢位於市中心的大樓，樓下就是繁華的街道。住在這裡的多是一些職業單身男女和大學學生。姜娣的公司就在大樓附近，她也屬於職業單身女人。

　　她租的房間在大樓的最邊角位置，站在涼台上，可以看到街道的風景，透過涼台側面的窗子，就是隔壁鄰居的廚房，通常都有一塊窗簾擋著。姜娣搬進去一周後的一天，透過窗簾的夾縫，無意中看見了從未想過的事，隔壁的女人，赤裸著全身在廚房走來走去，做了一杯咖啡，又坐在高台桌前喝著。她的

年齡和自己相差不多,棕色的頭髮長長的搭在肩上,身子的線條柔和清晰,自然而美麗,姜娣一下子驚呆了。她死死盯著,心跳的厲害,從來沒這樣興奮和刺激,後來她發現,那女人每天如此,家,就像她的赤裸世界,出國多年了,也見到一些新鮮事,這還是第一次。興奮之餘,姜娣在想一個女人如此隨意,是一件放蕩的事情,不明白這樣做,是想感受怎樣的情緒。她不明白,為什麼自己這麼興奮,女人身子如果釋放成這樣,確實美妙誘人,姜娣從窗簾的夾縫裡如同發現了新的大陸。

　　姜娣在偏遠的山區長大,女孩子總是被一層層衣服包裹著,不敢多露一點,從來也沒想過,至於自己的身子是什麼樣子,就根本沒有細看過一次。在中國讀大學時,她談過男人,總在提醒要小心翼翼地接觸,牽手都是件臉紅滿面的事情,年輕人是男女間的吸引,又夾雜著幾分愛和好奇,最終還是發生了關係。那次發生關係,後來感到很後悔,倒不是一時衝動的問題,她感覺沒有幸福的刺激,男人沒讓她感到真正的愛撫,就是一種粗俗的欲望,甚至只是疼痛和蠻橫。自己衣服還穿著,連褲子都沒有完全脫下,缺乏心理準備的性關係,毫無溫柔情懷。這是她第一次認識性的開始,也是第一次讓她產生「厭煩」的情緒。後來他們從毫無感覺的性感覺中選擇了分手,她在之後的日子裡,從未懷念過那些時光。

　　自從有了那次窺視,姜娣變成了另外一個人,如同一個從籠子裡放出的鳥,突然看到了天空的晴朗和遼闊。她覺得感受女人的身了,就是一種快感。她沒有拒絕自己的行為,沒有放棄悄悄窺視別人的不道德。那女人每天回到家都這樣,享受

著自己美妙的身子，姜娣每天都希望看到那女人美妙的身子，喜歡她的作態，就像離不開那個女人一樣。有一個週末，她給自己抹上了濃妝，打扮的十分性感和漂亮，喝著葡萄酒，竟然坐在桌子上自慰撫摸，發出哼叫的聲音。姜娣看著，情緒完全癡醉了，她不懂，也沒想到國外的女人會如此自我的尋歡和享受，他們毫無制約的在感受自己。隔壁女人赤裸的行為，給了姜娣很大的啟示，她相信，這是一個絕美的感覺，也想這樣。一旦有了想法，她的心情完全變了。週末在家，洗完澡以後站到了鏡子前，這是她第一次想認真地看看自己，撒了一點香水，抹了臉霜和口紅，這次不是僅僅照一下而已，而是想發現自己。她用手整理了一下頭髮，讓臉龐從那個朦朧髮絲的遮擋中露出來，那雙不是很大的眼框自然地掛著眼珠，往上高翹著，一種東方式的線條甜蜜著，她看到了溫柔。往下看去，兩個乳房挺立著像幅畫，她臉紅了一下，竟然第一次發現，不是多麼碩大的誘惑物，倒是正好承托在均勻的身子上，讓自己顯得特別窈窕，她差一點笑出了聲，可不是嗎，跨了年才三十二歲，畢竟還很年輕呢。姜娣在屋子裡走了走，香氣襲人，像一股子風，輕盈地飄過，這是什麼感覺，想到隔壁女人每天如此地生活，這，不是很美妙的的氛圍嗎。姜娣有了興奮感，在床上滾了幾次，嘴裡蹦出兩個字「自由」，真是好！姜娣從窺視的興奮點上，也振作了自己。每天回到家，她同樣脫光了自己，赤裸著身子，她的小屋被赤裸著，她覺得自己的心也赤裸了。整個生活情緒和態度，發生了完全的變化。

作為女人，免不了會有男人的殷勤和問候，姜娣的客戶大衛就問過她，嗨，你整天忙，我來照顧你吧。姜娣說，怎麼照

顧？大衛說，做讓你開心的事，每天守候著你。姜娣笑了，心想你能接受我的生活方式嗎，讓自己和小屋赤裸著。她沒說出來，這是太自我的生活方式，不想讓人說她「放蕩」。

毫無疑問，姜娣找到了「奇特」的性欲望和快感，自己一個人的小屋，關好窗簾，打開微亮的燈光，放開溫柔的音樂，倒上一小杯紅酒，把身上的衣服脫光，她舞動起身子，心裡感到刺激和快活。當她看夠了鏡子裡的自己，躺在床上自慰的時候，腦子裡翻出的是一個女人，有時是隔壁的那個，有時是她自己。她的高潮中不再有男人，沒有和男人在一起的念頭。

姜娣對自己結婚的事，變成了另外一個理念，不想強求自己。常常聽到母親在電話裡歎息，多大歲數了，什麼時候抱孫子，在國外也得有家啊。姜娣只是不停地笑，自己的愛好像和男人很遠，更不要說有個孫子了。她對媽說，我每天都在努力呢，如果這個城市根本沒有屬於自己的男人，你說怎麼辦。對面就是一聲歎氣。姜娣說，媽，我就要你過來陪我。

有一天姜娣回到家，發現隔壁的窗簾不見了，裡面的家具也都搬走了，那女人搬了家。頓時感到著急起來，心跳得厲害，接著就是十分難受。姜娣非常後悔，怎麼她住在這裡這麼長時間，就沒有想到和她交上朋友，眼淚流了出來，現在想想，自己其實很愛她。想到這她腦子了突然跳出四個字「女同性戀」，這可嚇了她一跳，從來沒這樣想過啊，真的。不過，在生活面前，她沒想到，不等於不存在，眼前的事實無法回避，姜娣第一次意識到自己的性傾向。她盯著空空蕩蕩的那間廚房，眼淚流的更厲害了。

從那以後，姜娣對自己生息的小屋多了一份感情，進了

家如同進了熱戀的懷抱，喜歡待在那裡，回憶，想念和感受自己，她知道了該怎麼對待自己，讓自己愉快和幸福。

阿珍就這樣愛情

（一）

　　亨特找到了中國媳婦，辦完了所有的移民手續，站在機場期待著她的到來。

　　他已經結婚兩次，都以離婚告終，雖然工作穩定，收入不錯，幾乎全部錢財都耗在分家的花費上，感到很累了。關於愛情，亨特有自己的看法，什麼愛情，還是玩實際的比較好，過日子就是了，人好，生活協調就是最好的。他不是那種浪漫和腦袋裡裝著很多想法的人，自己創辦了一個小公司，因為工作的原因，有機會到中國出差，接觸到中國鄉下女人，發現她們很溫柔，暗自想好找一個中國媳婦，女人能溫順貼心，跟隨他安靜生活，她們可以做到。阿珍就是在中國認識的，在她身上確實看到了這方面的特點，也很開心。

　　他們的相識在縣城的旅館裡，阿珍是客房清潔員，亨特是客戶。第一次見面，阿珍個子不高，胖胖臉，身子圓圓的，小小的嘴，笑起來瞇著眼，給亨特留下深刻印象。這樣的中國女人，他感覺很好，很美，是很溫順的那種。

　　他試著用中文說，你好。阿珍回答說，你好。他又用英文說，你好。阿珍也用英文回答，你好。他又說，可以和你做朋友嗎？這回阿珍沒有回答，只是笑，又搖起手表示沒聽懂。

亨特明白了，就在紙上寫下來遞給她。阿珍接過紙條匆匆地走了。回到宿舍，她翻出字典，對於這個只有小學二年級水準的人來說，這幾個外國字也是很神秘的。當她明白了字條上文字的意思，心蹦蹦地跳起來。她覺得這是一個重要資訊，儘管自己的年齡小這洋男人很多，還是很想和他做朋友，阿珍充滿好奇和新鮮感，沒想很多，也無法想那麼多，這是第一次男人留字條要交朋友，還是外國人。在亨特居住的一個月裡，阿珍每天去見他，然後把帶回的字條在字典裡找到答案，亨特也使勁學起中文來，見人就要問幾句。一個月的交流，就確定了他們的朋友關係，他們都有信心，一定可以走到一起。阿珍沒有父母，從小和奶奶長大，從奶奶的嘴裡知道，父親病疾三十歲就走了，母親改嫁跑了，早就沒了音信，她小學沒畢業，就開始出門打工，後來，奶奶也離世了。在阿珍的心裡，她是被遺棄的人，是命不好啊。就這樣，亨特幾次去中國，他們在簡單的外語交流和手指比劃中把這種關係發展為戀愛關係。

　　在鄉鎮上和女孩子真上床睡覺，亨特多少有些謹慎，畢竟不太瞭解中國國情。阿珍縮在亨特的懷裡，吻她，她像團火，炙熱的燒著。亨特說，要我嗎？她說，要。亨特說，真要？她說，真要。亨特把自己衣服脫光了，阿珍一動不動，亨特試著給她脫，她開始配合起來，脫光了就緊緊抱住亨特。亨特說，你願意嗎？她點頭。亨特又說，真的？她說，真的。就這樣他們有了第一次，事後阿珍抱得更緊了。亨特摸著她的頭。阿珍開始問他，你愛我嗎？亨特說，愛你，然後就笑了，他每次都這麼笑，阿珍在他面前像個孩子，喜歡她這樣有意思的表達。亨特發現，阿珍從來沒有向他提出任何要求，是不知道，還是

不好意思，他說不準，幾乎是百依百順，甚至出國的事也從來沒向他提過要求，不過他看得出來，阿珍喜歡出國這件事，願意跟他走出去。那段時間，阿珍也努力學習英語，他們辦理了結婚證，亨特決定辦她出國共同生活了。

　　接到阿珍，了結了亨特的一件心事，下一步就是過日子了，他知道，他的感情生活會從此變得更加簡單，雙方交流時，語言不通，文化教育也相差甚遠，老婆對他從來沒有提出過什麼，過去的婚姻生活出問題，就是女人要求太高，為一些小事苦惱，作為一家自助小公司的老總，工作具體繁忙，日子是具體實際的，家庭生活的意義，就是簡單的開心，他的生活已經磨的沒有那麼多浪漫和幸福觀了，阿珍正好符合這個要求，做的那麼到位。阿珍一下子出了國，對她來講，也是莫名其妙的事情，工友都說天上掉下了餡餅，從村子裡出來打工，現在站在全是洋人的群堆子中，她心裡多出幾分緊張，當亨特用手牽著她的時候，就像是唯一的親人，緊緊地倚靠著他。

（二）

　　國外的生活開始了，應該說他們的感情生活正式開始了，阿珍倒感到有些拘束。她不知道自己該做什麼，如何去做。亨特說，不急啊，適應一段吧，生活沒有問題，如果樂意，下一步可以去語言學校讀書。阿珍不停地點頭，嗯嗯地答應著。儘管他們的交流有很大的障礙，但每天的生活照舊，無法交流的，就擱置一邊。好在亨特愛吃中國飯，阿珍會做幾道地方菜色，待在家裡，每天除了看看中國有線電視，就積極準備飯菜

等待丈夫的回來。亨特雖說高等學歷，文化不低，見識也廣，不過他喜歡阿珍，下班回到家，吃飯時總讚揚飯菜可口，還鼓勵阿珍點起燭光，喝點洋酒，時刻摟在懷裡，溫柔備至。阿珍對於這樣的愛很順從，什麼都聽丈夫的，語言有障礙，肢體就沒那麼複雜，他們協調的很好，幾乎天天纏綿在一起，幾乎天天都要做愛。阿珍，越來越喜歡這樣和丈夫在一起，做愛這件事，滋潤著她的情緒，就像愛情一樣，亨特很滿足，性事讓他的生活充滿愉快。阿珍不清楚丈夫到底在幹什麼，反正是一個主管，也從來不問，她懷疑即使說出來具體的工作，自己也不懂，感到驚喜的是，每個月亨特都會給她一點零花錢，一百塊錢左右不等，這些錢對於阿珍來說，是很可觀的，是一大筆錢，她很少出門，錢都留在抽屜裡。這種生活是不是幸福，阿珍說不出來，但她是開心的，她覺得，得到了一生中從來沒有得到的。亨特從來不說「愛情」這兩個字，對阿珍談不上愛情，因為愛情的內涵太豐富，他們可能做不到，經歷過兩次離婚的男人，他覺得阿珍是個好人，適合自己，他很滿意現狀，這個中國女人給了他安靜的心，儘管工作很忙，很少帶老婆出門玩耍和吃飯，但他知道老婆並沒有這方面的要求，他也不是愛出門玩的人，心裡也就沒有壓力。

　　按照出國後的安排，阿珍也想去語言學校補課，可是，沒想到很快就懷孕了，根本沒來得及去學校讀書。這是他們計畫以外的事情，亨特之前兩次離婚都沒有孩子，沒想到和阿珍在一起就立刻有了，他感到吃驚，也很突然，心裡有另一樣的感覺。阿珍也沒想到來的那麼快，雖說是農村的孩子，要當母親也是件不容易的事情，在老家，看到那些懷孕的女人，都是一

家人在幫忙照顧，不過，阿珍的情緒似乎有了變化。亨特說，你想要這個孩子嗎，來的也太快了。她就笑。亨特說，或許再等一等，如果不想要就做了。她通常都是順著他的話點頭，這次沒有。她說，有了就要啊。這是亨特沒想到的，阿珍出國時間不長，年輕，感情生活剛開始，情況不熟悉，重要的是他們之間還需要更多交流和認識，亨特有一些猶豫，又有一種說不出的安慰，阿珍想要一個他們共同的孩子，這是理所當然的。想到她獨自在家裡也是挺寂寞的，或許有孩子陪伴，會有了更多的事做，他也動心了，就留下這孩子吧。當他把想法說出來時，阿珍不停地點著頭嗯嗯的說，要，我想要。

　　說到真的要孩子，阿珍心裡有些矛盾，她想到了村子裡的那些女人，自己一直總覺得是一個姑娘，沒想到自己也要變成女人了。在村子的時候，女人們都說，生孩子是女人重要的事，為男人生孩子是一種責任和幸福，想想亨特，儘管他覺得太急促，並不太在乎，國外不生孩子也很正常，阿珍感覺亨特還是有驚喜的感覺，這畢竟是他們共同的結晶，關係到他們兩人感情的大事，想想自己的能力，這也是有「貢獻」的事，她笑了笑，自語著，這是我可以做的，咱們中國女人對得起你，也是我的心。她想，就算是有文化差別，對生孩子的態度可能不同，亨特既然娶了我，也應該接受我們中國女人的感情表達，這是最好的愛。不過，阿珍也有小小的害怕，在外面，就她一人，自己都還沒有完全長成大人，帶孩子行嗎？想到害怕，她挺了一下胸，都出國了，還怕什麼，毫無選擇。

　　懷上孩子，在國外有很多的事做，要去上待產媽媽課，經常見醫生，自己的飲食也有考究。因為語言不通，醫院給她

介紹了一個中國孕婦媽媽黃慧，她也正在待產。黃慧出國的背景和阿珍差不多，因為她的男人會講很好的中文，溝通方便很快就好上了，接著就辦移民出國了，可惜，出國不久就離婚了。阿珍問她，他中文好，你們交流更方便，怎麼那麼短時間就分手了。黃慧說，我們其實就沒好過，他想通過我建立更廣的中國人脈關係，經常往中國跑，在那邊混下去，她撇了一下嘴說，中國女人就喜歡粘老外，他在這裡連個正當職業都沒有。我也實際，咱也想出國看看，混個身分。阿珍說，你們一點愛也沒有，他怎麼會同意結婚呢？黃慧說，不結婚能行嗎？我說他強姦我，他嚇壞了，那時他待在中國，國情他又不懂。阿珍聽著，心裡咯噔了一下，自己想出國就是有一些新鮮感，主要還是喜歡亨特啊。黃慧說，分手後，我和現在的男人好上了，有了這個孩子，準備在這裡生下來。阿珍說，這個感情不錯吧，你還為他生孩子呢。黃慧說，生孩子未必就愛他，要看我想要不想要，我和現在的男人並沒有結婚，他是開大貨車的司機，一個月就在家休息一周，回來總是很累，誰知道他在外面幹些什麼，我想他也不會閑著。阿珍說，如果我不喜歡他，肯定不會要孩子的。黃慧笑了，說，我和前夫離婚後，在中國認識了一個老闆，他希望我回中國去，我也這樣想，你知道我想要孩子的目的嗎？她把聲音放低說，借種。阿珍被嚇了一跳，想了半天說，為什麼？黃慧說，我這人說來也有點浪漫，你看那芭比洋娃娃多好看，在這裡生一個，帶回國去，也算是中西結合，沒白出來，也是在國外混過的人，我也挺值得傲氣的。阿珍說，那你不準備和你的男人好？黃慧說，和一個常常不在家的人在一起，是不可能的，再說，她突然問阿珍，你男

人應該有自己的房產吧？阿珍說，是啊，他買了自己的房子。黃慧說，我家那個沒什麼錢，住房的還是租的呢。出國的時候有一些夢想，現在的感覺是孤獨無聊，進入不了主流，語言條件限制，沒有工作，也沒自己的錢，還是回國交個朋友，國內有錢人多，找個男人日子會舒服多了，還可以兩頭跑，做個東西方兩地玩的女人。阿珍不太明白黃慧的想法，自己就是想過好日子，很有運氣了，不懂為什麼黃慧想那麼多。不過她們是朋友，都是要做新媽媽的人，中國人互相幫助，有開心或不開心的話都相互交流。總是嘴不離口地喊著黃慧姐姐。黃慧發現阿珍是個老實人，嫁給這個老外也算很能幹的人。她問，你覺得你先生愛你嗎？阿珍說，愛啊，要不怎麼結婚，要不我怎麼為他生孩子。黃慧說，你以為為他生孩子就是愛啊，老外可不這麼想。阿珍說，那我能做什麼，人生地不熟，我們交流本身就有問題，他娶我過來，肯定是要和我過日子的。這話說的不錯，黃慧畢竟見識多一點，語言好一些，阿珍在她心中，是可以相處的人。

懷孕以後，亨特對阿珍的關心也多了一些，特別是飲食方面，到了大商場總是問她，現在有什麼特別想吃的。阿珍說不好，感覺就是想吃中國飯菜，家鄉味道的東西。亨特說，那我們每週去唐人街一次吧，順著飯店吃，說完哈哈地笑。阿珍不知道為什麼，懷孕以後，更依賴於丈夫，一到晚上身子依在丈夫的胸前，熱戀情緒很高，和有些女人不同的是，懷孕後做愛的欲望更強烈，每次做完，都會情不自禁的笑起來。亨特當然開心，當看著阿珍開懷大笑的時候，他會刮一下她的鼻子說：「真騷」。他為這事專門問過諮詢醫生，懷孕後做愛的「注意

事項」。醫生說，做愛是情不自禁的事情，適度注意是沒問題的。阿珍知道後就說，做到寶寶出生之前為止吧，我覺得我很愛你。亨特找了這樣一個中國女人，開始有了一些驚奇，他結婚兩次又離婚，還沒真正搞懂什麼就是「愛」，他心目中的阿珍，只是覺得適合自己的生活現狀，適合過好日子，在心靈裡根本無法用語言交流。眼下，他有了另一種想法，這女人讓他有了好心疼的感覺，最大的變化是，怎麼出門上班，吃午飯的時候，就想打個電話問個好，多了想念的感覺。開始，他打電話給阿珍，她還問有什麼事嗎？他說，沒事，問候你呀。阿珍就笑，下午就回來了，問候啥。後來，幾乎每天中午阿珍都收到丈夫的問候，她發現，這應該是愛情，她變得習慣了，每到中午吃飯時，她就期待電話響。接過電話，他們總是那兩句話：「今天好嗎？」「好。」「幹什麼呢？」「待在屋裡。」「好的，我去吃飯了。」「嗯，我也吃飯了。」這幾句話在阿珍心裡，很幸福。她想，丈夫關心著她，還有肚子裡的寶寶。

　　有一天晚上，兩口子躺在床上。亨特摸著阿珍的肚子說，你猜這孩子會像誰。阿珍立刻說，當然像你，女兒多像爸爸。亨特說，像你多好，漂亮性格好。阿珍說，不，像爸爸才好，多能幹，看著女兒就像看著你。亨特說，看著我有什麼用。阿珍說，我喜歡看你，女兒像你我就幸福。她的話讓亨特愣住了，接著笑了半天，他說，你太可愛了，一把抱住了阿珍。

（三）

　　阿珍終於有產了，生產那天，她一直盯著身邊的丈夫。

亨特摸著她的手說，你要做媽媽了，開心吧。阿珍說，你應該更開心，要生出一個「小亨特」了，阿珍真會生孩子，沒費大勁，生的順利，抱著剛生下的孩子，她又是眼淚又是笑。亨特看著，眼圈也紅了。正像阿珍猜測的，新生兒小阿娜真的很像父親，一眼看，就是一個老外的模樣。亨特有一點「失望」，他倒希望能長得像母親，阿珍特別興奮，她喜歡女兒像父親。

黃慧也趕到醫院來看孩子，她比阿珍早生幾個月，不過她對自己生的兒子並不滿意，雖然是身上掉下的肉，可辜負了她所希望的模樣，沒有長成父親的「洋」臉，倒是像她臉嘴的複製，一模一樣。她無話可說，覺得自己是運氣不好的人，還哭了一場。當她看到小阿娜的時候，簡直不知如何說是好，不停的喊著，你真有福氣，真有福氣。

阿珍希望自己是一個有福氣的人，有了小阿娜，她確定和亨特的愛情有了「實體」。她看看小寶寶，又看看亨特說，我還不知道怎麼做好媽媽，你可要幫助我，小阿娜長得多像你啊。亨特很開心，那是理所當然的，他只是想，女兒像我，這和幫助她有什麼關係。帶孩子對於阿珍來說確實新鮮，一方面沒有經驗，另一方面更不懂在國外該怎麼做，倒是亨特積極性很高，買了能睡眠的推車，又買了出門遛街的簡易車，他們倆人中西結合，就這樣做起來新父母。

很多時候，阿珍會請教黃慧姐，儘管姐也是生第一個孩子，但見識廣，想法也多，總是有不少「中國式」的經驗，時常教誨著她。不過，黃慧生卜孩子後，用她的話說，儘管她的男人很興奮，非常喜歡這個孩子，她倒沒有感到幸福，反而加深了和丈夫感情的破裂，首先，月子就沒做成。黃慧堅持要按

照中國方式做「月子」，她男人工作在外，根本不可能管她，生孩子專門休假兩周陪伴，第三周就出差了。再說，他不懂為什麼一個月當媽的不出門，無論怎麼樣，也說不通。為這事，黃慧翻臉了，堅決要分手，和男人分居，不讓他和孩子在一起，搞得男人很傷心。阿珍也這樣想過，她本想和丈夫商量，後來看見這裡的新生母親都不這樣，孩子生下一兩天就出門了，她沒敢說，再說自己並沒有什麼異常的反應，看丈夫這麼忙，也不忍心。阿珍生孩子時，亨特也安排了兩周休假，她覺得足夠了，再說丈夫能夠幫的忙也有限。

在家帶起孩子來，阿珍就像幹一番事業一樣，苦和累她也覺得沒啥，孩子很健康，一逗就笑，藍眼晴棕色頭髮，盯著女兒她也笑了，從來沒想到自己的孩子是個「洋娃娃」，這麼可愛。看著女兒，她也不知道為啥，眼淚掉下來了，自己從小不知道父母是誰，在什麼地方，一直跟著奶奶長大，甚至到她離去，也沒有從老人嘴裡搞明白父母的身世。小阿娜多幸福，有媽媽和爸爸，還在外國，阿珍想，無論如何也要讓孩子有自己完整的家庭，她雖然長個洋人臉，一定要叫她去學中文，明白自己也是中國人，想到這，她小聲說出一句話，「還算好，我也讀過兩年小學」。

自從有了小寶貝，亨特情緒也有了變化，下班回到家的第一句話，就是問小阿娜如何，第二件事當然是給阿珍一個吻。接下來就是說些家常話，不過關於小寶貝的話題變的多了，他們的交流也多了。亨特問阿珍，家裡事多了，忙了，開心嗎？阿珍說，開心。亨特摟著老婆說，你開心是最重要的。阿珍看看亨特說，你開心才是最重要的，你是家裡的大主人，整個家

都靠著你呢。亨特笑著問，女兒呢？阿珍說，家裡的小公主。
亨特接著問，你呢？阿珍說，家裡的保姆。她話剛落下，亨特
臉色突然變了，他站起來，從冰箱裡拿出一瓶啤酒喝了一口，
說，怎麼回事，帶孩子很辛苦，有什麼想法嗎，我們商量解決
一下，如果之前沒想好要孩子，現在也晚了，必須面對啊。阿
珍聽著愣住了，心想，我並沒有說什麼不好的話，帶孩子當然
樂意，還幸福不過來呢，怎麼他這樣，阿珍說，你是說我不想
帶孩子嗎，不，我當然想帶。亨特嚴肅地說，為什麼說是「保
姆」。阿珍這會兒才明白，說，中國女人都這麼說，是開玩笑
的。亨特的臉還是緊繃著，說，這可不是玩笑啊。孩子剛從醫
院回來那幾天，為了不影響帶孩子，也不影響丈夫休息，亨特
搬到另一間屋裡，單獨住了兩周，這會兒不幹了，他說小阿娜
應該獨自住自己的屋子，夫妻不能分開。他說的是對的，這裡
的老外都這樣，孩子生下來就「獨立」了。阿珍有些難接受，
覺得不放心，孩子有點可憐了。她說，要不三人住一起，把小
床放旁邊。亨特沒有同意，說，我們的生活不應該受干擾，他
認真地盯著阿珍的眼睛，又補充了兩個字，對吧。阿珍沒說
話，只是點了點頭。小阿娜還算好帶的孩子，獨自在自己的小
屋裡，幾乎每天都安靜地度過夜晚。

（四）

　　轉眼之間，小阿娜都五個月了，這是她新生命開始的第一
個冬天，這些天因為受涼，有些咳嗽，睡覺前阿珍很猶豫，要
不把女兒放在身邊。想到丈夫肯定不樂意，她還是把孩子留在

她自己的屋裡。

　　這個夜晚的雪很大，對面的獨立小樓被雪覆蓋成一個個擺設的「玩具」，平排而立，在燈光下，變的讓人遐想。在床上，亨特緊緊地抱著阿珍，就像一個棉被，她被包裹在溫暖之中，丈夫總是這樣，喜歡抱著自己的女人睡覺，他說他父親就這樣，據他說，因為他母親受不了他睡覺纏人的要命習慣，早早和父親分屋了，最終的結果是離了婚。說起來好像理由並不那麼充分，事實確實如此。亨特比父親更有福氣，阿珍似乎從來沒反感過，是順從的小綿羊，從一開始就這樣。她自己也說不好，記憶中在亨特以前，從來沒有人這樣擁抱過她，儘管亨特從不說愛情，她自己也不懂，但這肯定是幸福，有說不出的味道，她相信自己的感受。

　　一覺醒來，正好是夜間兩點。阿珍幾乎每晚都是這個時候醒來，也是每晚關照小阿娜的時間。她翻了一個身子，感覺腰有些酸痛，又躺了幾分鐘，起身進了女兒屋子。孩子已經不需要夜間餵奶了，阿珍沒有開燈，看她安靜地睡著，給拉了一下被單，輕輕地走了出來。上了床，亨特又一把抱住了阿珍，這回他拉下了阿珍的短褲，把那個硬硬的東西塞了進去，他們折騰了一陣子，又進入了夢裡。

　　這是一個溫暖的夜晚。

　　一早阿珍起床，就去看小阿娜，孩子躺著沒動，還是昨夜那個姿態。怎麼了，她用臉接觸她的鼻子，發現沒有呼吸，孩子出事了。阿珍急了，喊著亨特，等丈夫過來，她也癱軟在地上。小阿娜死了，死於氣管堵塞窒息，是意外事故。這是阿珍萬萬沒想到的事情，她徹底的崩潰了。

　　阿珍突然覺得，眼前是一片空白，她不知道下一步該做什麼。哭了兩天。小阿娜的後事處理幾乎都是亨特做的，他也沒想到妻子會如此悲傷，雖然心裡也感到十分遺憾，可這是意外事故，也是沒有辦法的。阿珍不這麼想，她責怪亨特沒同意把孩子留在他們的屋裡，雖說意外，本來也可以克服。亨特說，這事不能怪我啊，孩子住自己的屋子，是很正常的事。阿珍不知道怎麼爭辯，就說，在中國不這樣，孩子跟父母睡方便照顧，也沒什麼不好，說完就哭著提出想回國，至少回國待一段時間。因為孩子的事，阿珍不和亨特鑽一個被單了，也不和他做愛。這個結果，成了亨特生活的巨大問題，他沒有想到。

　　坐在辦公室，亨特有生以來第一次這樣感到不安，這種不安伴隨著幾分酸楚。他在門上掛起了「正忙」的牌子，不想見客人和員工，把自己關在屋子裡，開始是盯著窗外看，後來又盯著桌上的家庭合照。照片上只有他和妻子，是阿珍出國後拍照的，妻子開心地笑著。他一直都把她看成一個順從的女孩子，他開始覺得他們之間因為年紀，國別，文化和經歷差距甚遠，他們的結合是一種簡單，和諧的自然感情關係。而眼下發生的事，讓他意識到一種出乎他想像的情感情緒在波動，對阿珍依戀，此刻，像是一種最真實的感情。阿珍對他們孩子這樣的刻骨之心，亨特怎麼也沒有想到，而且這樣如此純粹。他坐在辦公桌前，拿著筆在紙上畫著，腦子裡回憶起他們在一起的每一個時刻，又想到小阿娜美麗的臉龐，亨特想著，眼淚也流出來了。等他把眼淚擦去的時候，發現紙上寫滿了「愛情」這兩個字。怎麼了，他大吃一驚，自語著，我真的有了愛情嗎，真的愛上了阿珍，在我們如此大的差距面前，愛情真的會有

嗎？亨特把寫滿「愛情」的紙收到了公文夾裡，站了起來，做出了一個決定，公司關門一個月去陪伴自己的老婆。

　　坐在飯桌前，亨特盯著阿珍，說，你真要回國嗎？阿珍點點頭，沒說話。亨特說，我陪你回去，他用肯定的口氣。阿珍說，不要你去。亨特說，我必須去。阿珍說，不會影響工作嗎？亨特說，受影響也要請假，我不能讓你一個人就這麼生著氣走了。阿珍說，怎麼個影響法。亨特說，公司關門一個月，等我回來再處理。阿珍說，什麼，你是老闆，由你說了算，她和丈夫生活了這麼長時間，到現在才知道他是老闆。亨特說，是啊，公司是我的，小公司人少，眼下咱們這情況怎麼辦，關幾天門吧。阿珍突然哭了起來，說，算了，我不回去了，為了這事，你工作的大事都要停下來，不能這樣，萬一公司出了什麼事呢，我不回去了。亨特沒想到老婆會這樣說，怎麼就這樣改變了主意，竟然還能理解他。就解釋說，其實，我心裡也不舒服，我們一起出去散散心挺好。阿珍沒有再吭聲，好像自己沒有了主意，她不知道該怎麼做了。

　　這段時間，黃慧正和男人鬧的不可開交，她覺得自己什麼也沒得到，連生個孩子，也沒長成她想要的樣子，想到這，她不想再和他生活在一起，決定帶孩子回中國生活，至少這個男人必須支付孩子的費用，也可以和自己的新歡在一起，如果國內男人對她好，就徹底和現在的男人分手。當她知道阿珍的不幸消息，反而覺得多少有些「安慰」，看來別人和自己也差不了多少。她對阿珍說，我們一起回國吧，你家先生太不重視你的感情了，你回去讓他好好想想，你也散散心，反正他付錢。阿珍說，倒不是這個，他沒讓孩子和我們住一起，有些自

窗子裡的兩個女人

180

私了，要不可以避免事故發生，我說回國，他要請假陪我一起走。黃慧說，你還相信這個，陪你一個月有什麼用，孩子都沒了，他真愛你，何必當時那樣做。阿珍聽著，心跳的厲害，黃慧說的對嗎，丈夫真愛我嗎，她一直都愛著丈夫，從沒細想過丈夫是否愛自己，真沒想過，只是感覺到很好啊。自從孩子的事發生後，阿珍心情太差，獨自一人睡在一間屋裡，丈夫也沒辦法，只能隨她這樣做。黃慧的話有些刺激她，她突然想到，如果就這麼回去了，對她和丈夫的感情將會怎樣呢，至少有一點是肯定的，她從未想過離開他，這是不可能發生的事情。

亨特決定陪老婆回中國的想法非常堅定，阿珍沒有想到。經過商議，阿珍同意了，把一個月改為了兩周。在那兩周裡，阿珍「回到」了亨特的懷抱。他們去了原來阿珍工作的地方，又到了她從小長大的村子。村子的長老看看亨特，又盯住阿珍，對她說，姑娘，我看這男人對你很好，你懂啥愛情，人家還是娶了你，可要好好珍惜，聽人家的話。阿珍直點頭，不停地說，那是，那是啊。晚上，亨特還是緊緊地抱著阿珍，他小聲地說著，親愛的，我現在真是明白了，我愛你，很愛你。阿珍一時不知道該說什麼，從他們生活在一起到現在，亨特從來沒有這樣主動說過，這是第一次，而且說的這麼讓她心軟。她說，我是農村人，不懂得什麼叫愛情，什麼才是愛情，只知道好好對你，也不知道該怎麼做才好，你能原諒我嗎？阿珍的話剛落，亨特竟然哭了，他說，從和你在一起開始，我就沒有想過什麼愛情，只想找個乖巧的中國女人過日子，親愛的，現在我知道了，你懂愛情，你的愛好純粹，是你燃起了我愛情的心啊，我現在不能離開你，我們的結婚是真的愛情。阿珍聽著，

她沒有完全聽懂，只是感動，但明白一點，眼下的丈夫很愛她，她幸福極了。

為了不影響亨特的工作，他們很快就回國了，阿珍有了新的生活，開始進入語言學校學習，她計畫畢業後繼續學習幼稚教育，用她的話說，有一個夢想，為他們的家重新生一個「小亨特」，好好培養長大。亨特說，這個夢想是他最渴望的，如果是一個「小阿珍」，他會更開心。這件事，在他們回國後的第二年，已經有了說法，阿珍有「喜」了，不過，他們決定不打聽是男是女，看誰「運氣」最好。

有很長時間，阿珍都沒有和黃慧姐聯繫了，後來聽說她確實回國了，只是沒有帶走孩子。他們夫妻分居後，男人強烈要求留住孩子，加上黃慧沒有經濟收入，法院判定由男方收養。黃慧的未來不得而知。

【附錄】
文化身分認同與北美「新移民文學」若干問題的再思考（關於海外文學作品）

（本文被推薦為「海外華人研究會」2016年度溫哥華年會推薦發表論文。）

提要：北美「新移民文學」只是「階段性」文學發展的標誌，對地域移民文學研究有一定的幫助，它呈現出多樣化和交錯複雜的文化「內涵」，階段的劃定也具有重疊複合的特徵。「新移民文學」在世界華人文學中，不能代表文學存在和發展的整體和分期。「世界華人文學」概括了移民文學的總體範圍和地域界限，可以視為移民文學的基本概念。文化身分認同的構建，受到主客觀因素的直接影響，決定和代表著北美「新移民文學」發展的走向。

關鍵字：文化身分認同；北美「新移民文學」和世界華人文學；再思考

Abstract:

As a stage in literary development, the "new immigrant literature" promotes the research on regional immigrant literature. It boasts cultural diversity and complexity, with several phases of growth. However, the "new immigrant literature" cannot represent the whole development and all different periods of literature within the world's Chinese literature. Besides, the world's Chinese literature, one of the basic concepts in immigrant literature, shows its general scope and regional boundary. And the construction of cultural identification which is under the direct influence of subjective and objective factors determines the developing trend of the "new immigrant literature" in North America.

Key words:

Cultural identification, "new immigrant literature" in North America and the world's Chinese literature, rethinking

一、北美「新移民文學」命題誤區

關於北美新移民文學，首先涉及的問題是「北美新移民」這一觀念的出現，一般的專著稱「北美新移民」是指中國實行改革開放政策以後移居海外的群體，最早出現在上世紀七〇年代末期。以廣府籍人數最多，資格最老，他們主要居住在美國和加拿大的大城市，如紐約，三藩市，休士頓，多倫多和溫哥華。1978年12月26日，一批僅五十人國家公派公費留學生到美

國，強尼在《留學美國》一書中，把他們劃為最早的大陸出國留學生。「新移民文學」被多數公認的解釋「特指二十世紀七〇年代末八〇年代初以來，出於各種目的（留學，打工，經商，投資等）從中國移居國外的人士，用華文作為表達工具創作的反映其移居國外期間的生活境遇，精神狀態等諸方面狀況的文學作品」[1]。這些論述的觀點，界定了「新移民文學」開始，同時，也符合新移民北美生活開始的節點，新移民的北美留學潮正好代表了當時的主流，所以也視為「北美新移民文學」的開始。

「北美新移民文學」在眾多學者的研究中，逐步成了「新移民文學」的主體內容，並以此探討「新移民文學」的特徵與規律，甚至有了「新移民文學」「代名詞」之嫌。

北美「新移民文學」概念的界定，對於研究北美新移民文學帶來了積極的意義，體現在重要的兩方面：

一是北美「新移民文學」這一術語，顯示了中國改革開放後，出國潮帶來的「新」海外文學的出現，與以往移民不同的是，二十世紀七〇年代的移民身分特徵發生了巨大的變化，知識性，寬廣性和視野也不同於之前的華人文學的風格。

二是北美「新移民文學」還帶來不同尋常的新生活的寫作，作為留學生為主體的移民流入，隨後更多新移民群體的出現，文學創作的思路與理念也發生了變化。「文化身分認同」與「新北美人」寫作，展示了移民本土文學的擴展和海外文學的新層次變化。

但是，以上的理由，只能說明一個明顯的大陸「概念」和大陸劃分，便於研究的直接性，限定性和相對的「確定性」，

帶有區域性的特徵。一些學者為此產生質疑和批評這種「權宜的創建」[2]。北美「新移民文學」這一概念，存在著不合理的理論依據和不合理的實踐意義，從句子本身就可以讀出它在時空和內容上的片面性。

（一）缺乏時間含義的客觀性

北美「新移民文學」概念的提出，與中國當時社會發展的氣氛有直接關係，一定數量人數出國，剛剛開始的留學熱，也自然出現海外生活的介紹熱潮與流行，1993年前，潘凱雄提出了「新移民文學」的概念，正是迎合了當時留學潮興起，文化速食，時代節點的需要[3]。1970年代以後，確實出現了一些具備特色，也代表當時新移民生活的文學作品，最具代表的長篇小說《北京人在紐約》《曼哈頓的中國女人》，在當時幾乎成了「新移民文學」的典範標誌。接著「時髦」的類似小說《上海人在東京》《北京姑娘在東京》等等小說一湧而出。這些自傳體小說，以親身經歷，向國內讀者講述了一個「新大陸」奮鬥創業的故事。同一時期，以遊記，紀實，隨筆等形式而鋪天蓋地的出國人的文學作品，帶來了一個文學的大趨勢。對於開始出現留學熱的中國，似乎展示了一個擴展的新文學之地和研究方向。北美新移民文學自然得到大家的認同。與此同時，海外華人文學的「圖案畫面」，被更多片面地拉入在「新移民文學」的概念中，取而代之了華人文學的海外特徵。

但事實上，北美「新移民文學」的概念，隨著時間的推移，更多新移民的出現，和對海外移民生活的深入瞭解，這一概念的局限性已經被顯示出來。

北美「新移民文學」只表達了1970年代以後的移民文學現象。在其之前，移民文學早已經實際存在，以早期華裔為代表，他們的作品在北美乃至世界，都有一定的影響。例如：華裔短篇小說家伊頓（Edith Mande Eaton），她的《春香夫人》（1912年出版）裡諸多的故事，都是講述華人和當地人各種不同的愛情故事和生活經歷。華裔劇作家馬蒂‧陳（Marty Chan）的《媽，爸，我和一個白妞住在一起》，李群英（Sky Lee）的《殘月樓》，鄧尼斯‧鐘（Denise Chong）的《妻的孩子們》等，代表了早期移民和他們後代的文學活動。這些活動理所當然地屬於移民文學的部分，從文學創作的氛圍上來講，也完全不同於「新移民」文學的內容。他們的作品，以東方主義的模式形象，依據以各種不同形式表現出來，例如，太平洋鐵路深受凌辱和歧視的華人，在當時的《The Gazette》（蒙特利爾新聞報）上仍被罵為多餘的[4]，因為深受西方政治文化制約，把父母輩唐人街的生活刻畫成陰森可怕，甚至用白人的立場，尋求與之同化[5]。這些作品，顯示「舊時代」移民文學的局限性，但是這些作為早期移民文學代表作品，也佔有重要地位。

北美「新移民文學」開始的界定，似乎有了一個起點，可以找到一個過程。對於它的發展和未來1970年代到今天近三十餘年，「新」的概念將如何代替隨之發展的移民文學的現狀和未來，作為歷史意義的移民文學概念，北美「新移民文學」或「新移民文學」已經變成一種「歷程」或「經過」，又該如何理解它的階段和分期等關鍵問題。

（二）缺乏地域和不同文化背景的客觀性

　　北美「新移民文學」的劃分，在一定意義上隔離了其他地區，國別和不同文化背景意義的移民文學。按照這一概念的劃分，很容易把海外文學的圈子，劃歸與中國大陸劃分的地域特徵，即1970年代的留學潮之後的文學。在眾多的論文，文學史和專著中，都順從了這種觀點，把北美「新移民文學」，用大陸移民和留學生文學「代之」。事實上，移民文學，特別是當代的移民文學，遠不止這一個方面。我們注意到這裡提到的「移民」是具備中國人血統的寫作者（移民文學擴大的概念，是所有移民身分的寫作者）。作為1970年代出國的移民，事實上最先到達的是以香港，台灣的為主。例如，一些學術性的論文，就是以大陸留學出國潮為時間特徵劃分的，並直接明顯地表達出這樣的傾向。例如：「第一階段（1983~1990年），這一時期是北美新移民文學的積累和草創期。在這一階段來到北美的中國大陸人，是改革開放後較早一批走出國門的先行者」[6]。一些論文完全忽略了移民文學的真正範圍，顯然，北美「新移民文學」書寫的只是移民文學的某個地方和一個階段的延續。而諸多的研究論文，在評述北美「新移民文學」時，以便利的大陸作家作品為樣本，忽略了其他地區寫作人的作品價值和經歷過程，這樣的例子在研究學者的論文中十分常見。

　　「新移民文學」在北美如此，而在其他地區（如澳洲，東南亞等地），更是造成模糊的概念。在東南亞，移民文學遠遠早於北美，文學的內容和風格也是截然不同的，以「新」不「新」的混雜，以便宜的理解方式進行，「新移民文學」似乎

成了評論家方便劃分「解說」與「評述」的論據，它的界定到底在哪裡。

二、北美「新移民文學」的內容與分期

北美「新移民文學」作為一個「特徵」，有時間性劃分的存在，當然是可行的，它代表和描述了移民文學的最重要的一段。但是，多數學者對移民文學的研究，忽略了1970年代出現的「新移民文學」，在其之後的成長，變化的不同性和本質。移民的流動是一個延續不斷地行為，以不同時期的背景和認知狀態不同而有別，他們的文學表現著重疊起伏，稚熟交錯的特點。他們熱衷於解釋北美「新移民文學」作家，作品的不同風格特點；作品中對東西方文化跨越的某些特質，沉醉於作品本身，在文字上尋找具有表現意義的解讀，甚至依照傳統的研究思路，尋找雷同的存在與發展規律。而忽略了不同作家們，不同身心世界的變化，事實上因為「文化身分認同」的不一樣，北美「新移民文學」的走向，也呈現出不同的寫作路子，其內容也有著很多的不同。

新移民生活的開始，總是帶著本民族的文化歷史，社會意識和民俗習慣，可以說，所有的移民，在他們跨入新土地的相當一段時間裡，並沒有，或並沒有意識到自己新生活的挑戰已經進入「世界觀」的變化過程，有相當多的人（絕大多數的人）並沒有做好準備。客觀地說，時間也是思想發生變化的實際過程，新移民的寫作者們，也存在著階段性寫作的特徵。所以，北美「新移民文學」在文學的內容上，存在巨大差異，有

很多文章甚至不能輕易稱之為「新移民文學」，只能看作一種簡單的「觀望」。筆者在國外生活二十多年了，從事華文文學的組織和實踐活動也有十餘年。作為新加拿大人的寫作者，對海外文學，特別是作為加拿大人的移民文學有了新的理解和看法。

北美「新移民文學」的內容和分期可以分為四個階段。

第一階段：北美「新移民文學」前的「文學」

這一部分作品雖然出自新移民之手，也被稱之為「新移民文學」，但是整個作品仍表達著輸出國人的心態，情緒和表達手法，通俗地說是一種「感官」「好奇」和「現象」寫作，和大陸作家、寫作者完全一樣，不同的是，這些作品有著更明顯的片面粗淺的特點。在這方面，最有代表性的就是一些觀感，遊記，隨筆和相思文學，對新環境的初步感受，好奇的心理和急於表達的一些現象；離開故土後的不習慣和思念的情緒。這些寫作，沉醉於「新」體驗的直觀感受，所見所聞成了主要的內容。以魁北克省「新移民文學」寫作為例，在當地報業最早的文學專欄《筆緣》（始於1979年）發表的作品中，直到現在，仍然存在這樣的現象。十年前（2005年以前），有四分之一的作品，涉及同樣的內容；在1970年之後的幾年了，這類文章占近三分之一[7]。儘管他們已經生活在本土，但事實上基本沒有進入本土社會和文化的門檻，很像一個「觀賞者」和「外來人」在評述著眼前的事件，在更多意義上，是站在一個自身文化歷史的理解上看別人，具有相當程度上的片面性，他們筆下的敘述本質是嚴重缺失「文化身分認同」的，或者說根本就

缺乏生活的過程。如同一鍋雜燴菜，似乎很「豐富」，但沒有他自己本質的內容，基本是與本土文學脫節的，這種現象在最初的新移民輸入階段十分普遍，可以說，只是身分的變化，感受和理解幾乎沒有走出國門。當然，一個人思想的轉變，確實存在著時間過程的不斷理解和認識。這種文學現象，在移民的遷徙過程中，會重複出現，文學的內容也會因「重複」的感受，重複出現。

第二階段：「新移民文學」的中國文學的延續

這一部分的寫作者，在自己的文學作品中基本體現著一種「異地」寫作的特徵。簡單地說，就是移民海外，書寫著中國或原居住國的故事，有的作品和北美關係甚少，甚至毫無關係。這可以認為是正常和不奇怪的寫作現象，文學本身就是一份記憶，生活是最重要的寫作體驗，新移民主體的自覺認知歸順於故土，難以帶來本質改變，中國的書寫佔據上風也屬正常。「移民作家關於中國記憶和敘述，其文化與審美價值要高於他們對西方想像性文字[8]」也是事實。這樣的文學存在，是理所當然的，如同很多中國作家的寫作，都是在從農村遷徙到城市，又經過多年的生活，最後獲得的成功之作，仍然來自童年遠去故鄉的記憶。例如嚴歌苓，張翎，李彥等作家的作品，儘管他們有一些作品已經跨入新國家本土的某些意識和深度，而關於中國記憶的內容佔據著重要部分，張翎的小說《餘震》，李彥的《紅浮萍》可以直接稱之為新移民寫的中國小說。這些作品基本沒有進入，或不需要進入本土社會和文化的門檻，文學記憶存在於故土大地，作品本身就是中國故事。

有一部分作品似乎讀到某些居住地生活的內容，而最大限度的表現力，是作者自身的發揮，一些新鮮事在作家的筆下，變成一種「空曠」的思考，事實上作家對現實生活的體驗幾乎是很微弱的。在北美，有這樣的寫作者，他們生活在海外，但把自己關在小小的屋裡，很少和當地社會與生活直接聯繫，憑藉著「獨特」的海外條件，而中國眾多讀者又無法親臨這樣的機會，寫出一些屬於「一部分人」喜愛的故事作品。事實上，寫作仍舊是一種中國式寫作，居住它地，書寫內心不變的祖籍情懷。人自身的本質一點也沒變，或者就沒有認真思考過。

第三階段：「新移民文學」的多元化寫作

　　這一部分作品最重要的特徵，體現了新移民生活的寫作，用經過了幾年或多年的海外生活，有了生活的西方元素，不同文化的「思考」中發揮，而創作出不同於原居住地的「新移民文學」，寫出自己真正體驗的新生活。在這裡，作品在內容呈現出兩種特徵：

　　一是，用直接的親身感受，寫出海外生活的不同。早期出現有影響力的那些「創業史」，「移民路」或「中國文學的域外情結」的作品，例如查建英的《叢林下的冰河》，曹桂林的《北京人在紐約》，張曉武的《我在美國當律師》，就是這樣的文學，代表了這一特徵。再如，王周生的長篇小說《陪讀夫人》，孫博的《小留學生淚灑異國》用另一種感受，寫出了不同人群的另一種不同的新生活，有了經歷的多樣化和寫作內容的多樣化。延續到今天的作品，還有寫富二代海外經歷，小留學生生活和中國人海外生活的揚眉吐氣等等，都是新移民

文學的重要部分。2013年在魁北克出版的詩歌集《一隻鞋的偶然》，書寫了大量的現實生活的真情。在一百首詩歌中，〈聖凱薩琳大街品茶〉，〈披薩和餡餅〉，〈普丁〉（魁北克最著名的小吃）和〈五月，聖勞倫大街的太陽〉等，把移民與新土地的交融寫成一份中國人的多元情懷。加拿大出版發行的首部魁北克華文文學作品選《歲月在漂泊》，同樣以厚重的姿態，表達了加拿大眾多新移民，傾心感受的不一樣的海外生活故事。

　　二是，在異質文化的思考中，用新文化觀寫作。隨著海外生活的推移，一些寫作者也自然地開闊了自己思考的視野，儘管很難擺脫自身「本土情結」的糾纏，但大膽地站在兩個不同的極板上寫作。這些作品，已經在本質上體現了「新移民文學」文化身分思考的開始。學者們常以張翎的《郵購新娘》，嚴歌苓的《無出路咖啡館》，邵薇的《文化鳥》等作品做「樣板」，在解讀作品中，看到一個人在自己特定環境下，對自己「身分」的再認識，由於跨文化的精神交織，他們在寫作上表現出了多向努力和多向思考的自覺性，在國籍認同，語言認同和文化身分認同上，嘗試尋找和建立超越自己地域的身分。但是，必須指出的是，他們對「文化身分認同」的理解，更多的是存在於思考之中，而不是人本身真正跨越的改變。

第四階段：「新移民文學」的「公民寫作」

　　這一部分的寫作者，已經從個人本質上意識到「公民精神」，在「文化身分認同」方面跨出了一步。他們在長期的海外生活中，逐步脫離了故鄉生活的懷舊與歸念，而更多的新

生活成為他們的文學思考。在理念上，移民不再是簡單的外來人，而只是公民不同特質的部分。他們的寫作正在或已經直接參與到主體文化中，儘管只是表面的，個別的或不完整的，但是，他們的「文化身分認同」已經發生變化，並以「世界人」，「北美人」和公民自居。在經過多年的苦苦「掙扎」和反思，一些小說的創作思維，開始運用自然表達，無中心主題結構和純文學式的寫作方式，等等。本書短篇小說《十三號樓的奇怪聲音》中[9]，曾經做過這樣的寫作嘗試，試圖體驗這樣的感覺，並嘗試一種新的表達，展示思維變化的某些「認同」的靈性，表現出另外一種風格，就是自然主義的想像和自然發揮。小說在描寫十三號樓奇怪聲音出現後，發生的交織的故事裡，穿插了一段似乎與情節有關聯的民間傳說，形成了故事以外「並列」的「故事」，把「奇怪的聲音」這個讓人「緊張」的感覺，在一個魔幻般傳說的交錯中，變成了幽默的詩話與寓言，並得以無拘無束地發揮開來。這種寫作，體現了加拿大人自由想像和嘗試的人性精神和觀念，並展示了我們和自然界和諧共存的現代理念，拋棄了小說一貫「凝重」思考的複雜「假設」，丟去了一個中心論的模式，讓小說走在多樣化和生活化的情景中。儘管這段故事並非表達的很自然，有些生硬，但它是一種寫作情感自然變化的新嘗試，開始擺脫過去一貫寫作的「沉重」感。無論是思維方式還是寫作風格都有了本土化的「特點」，也算是對文化身分認同在寫作上的進步。

　　對於「公民寫作」的人來說，他們更關注自己的成長，特別是「文學觀」的變化。經歷了三十年的洗禮（從1970年代起），北美「新移民文學」寫作的知識人才，率先意識到這一

轉變對文學的意義。在理念上,他們情不自禁地感到自己「文化身分認同」的變化,他們的眼光也發生了另一種變化,甚至對原祖地文化產生某些質疑,有了淡化傳統意識的情緒,讓他們的文學更顯示著離散感和隨緣感。在寫作的理念上,對傳統的寫作思維方式也提出不認同的觀點,例如,中國文學中的核心部分,展示的是人與人之間的博弈,講人與人之間的「思想」的意識過程,這對試圖站在「世界人」的移民來說,無論是生活環境和思想考量,都不再具備文學方式的重要意義。相反,新環境的美好自然,純粹的人性表達變得自然而然,作品表現出更多的多樣化生活和豐富的想像力。

這些年來,新精神,新概念,新方式寫作的一代人,以「北美人」的姿態,上網開博,發表網路小說,在臉書上與當地人對峙並話,沒有耐心在尋找鄉愁的小道上,重複趕路回家的情結,在他們的第二代移民中,對原生文化的追望,似乎開始成了父母口頭的叨叨語,在隻字片語中,記憶著父代文化的精典「故事」,這就是所謂形象說法中出現的「香蕉人」等的各種比喻,他們的文學,在理念本質上,已經發生變化。

三、「世界華人文學」的命題與北美「新移民文學」

綜合上述觀點,在糾正北美「新移民文學」的權宜性的同時,必須對代表世界範圍內的移民文學概念,有一個「相對」準確的命名。所謂「相對」準確,應該具備如下特徵:

第一,「移民」特徵。移民這一概念的時空性很大,移民家庭應該包括「新移民」的部分;也應該包括老移民的部分

（早期修鐵路的華人等）；還應該包括至少第二代家庭的分子，他們也屬於移民的部分；在學者的研究範圍內，我們還可以提及更早的移民（包括他們後代的寫作者，例如：歐亞血統的水仙花。1865-1914）；當然也包含了從其他國家移民的，具備華人血統的華人寫作者。

第二，移民的範圍必須包括北美的，歐洲的，大西洋的，而更早期的東南亞地區的移民，同樣佔有重要地位，乃至世界的。儘管作為移民文學的特徵風格有異，但是，均屬於移民文學的範圍。

第三，移民文學的多樣化寫作，是必須關注和考慮的因素。例如早期失去中文寫作能力，而用英文寫作的；「新移民」中用雙語寫作的；用中文寫作的和使用其他語言寫作的。

鑒於這些複雜因素的存在，移民文學的基本概念應該確定為：「世界華人文學」。

這一定義，即包含移民文學的時間定義，地域定義，不同寫作者的定義，也概括了整個移民文學的總體範圍。北美「新移民文學」，華文文學，海外文學，華人文學等等的概念，都可以包含在範疇之中。例如，北美「新移民文學」同樣可以作為一個階段性，有特徵意義的文學進行研究，顯示著北美文學的「個性」。

四、文化認同與北美「新移民文學」走向

在北美，大量移民湧入的時間並不算長，北美「新移民文學」概念的說法曾最具備代表性。在加拿大，一般指不同於主

體加拿大人（本土英，法籍），其他外來人的文學一般稱之為移民文學。這種文學在通常意義上來講，具有如下特徵：一是出自移民之手；二是有不同的文化和歷史背景；三是內容直接涉及到移民生活本身；四是文學可能偏離主體文化的精神；五是直接延續輸出國的生活價值觀和內涵；六是站在兩級文化中從事「猜想」式寫作和跨越。所以，移民文學也是北美文學的「邊緣」部分。那麼，北美「新移民文學」的未來走向，將是什麼，又將面臨怎樣的挑戰呢？這既是理論問題，也是實踐的問題。

關於「文化身分認同」的問題，已經有諸多的論文，對於七〇年代出國的移民來說，和早期的移民先輩有著本質的不同，在開放和發展的前提下出國門，他們已經具有「認同」或走向「同化」的理念，有著主動接受的「情結」。而不是像早期那些為了生計被迫出國，為的是更好地走回去，這在他們出國的文學活動中，表現出的是對不同的文化現象的興趣和積極態度。當然和他們的下一輩相比，後者具備理所當然的「先天」優勢，對於新移民來講，「文化身分認同」的轉變，顯得更為艱難，也更為重要。

（一）文化認同的客觀概念和主觀意識

文化身分認同在北美「新移民文學」的開始，就表現出更為敏感的議題，走出國門成為新國家一員「主動」理念，是新移民不同於以往的本質區別。但是，作為一種本原文化身分的存在，以母體的語言和出生地，有著天然和難以跨越的界限，這和地域，風俗，膚色，性傾向等等的身分認同一樣，事實上

存在著客觀和主觀兩方面的決定因素。

1.客觀概念的因素

　　無論是早期移民還是新移民，文化身分認同在客觀上必須經歷一個時空的認識過程，也可以稱為一個變化的軌跡。有學者這樣描述：「縱觀北美經過二十年來的海外新移民文學創作，先是由『移植』的痛苦，演諸出『回歸』的渴望，再由『離散』的凌絕，走向『反思』的『超越』，這樣一條清晰的精神軌跡在加拿大新移民作家群中得到了生動而充分的體現[10]」。這種描述，大致表達了這個過程的規律，實踐是認同走向的過程。在文學創作的作品中，同樣可以看到這樣的軌跡，上面我所談到的北美「新移民文學」內容，包含了這個過程，說明了不同階段出現的不同的寫作特徵。

　　在這個過程中，最重要的困惑表現在兩個方面：

　　一是堅守移民心態，用另一隻眼看現實。

　　在諸多的文學作品中，寫作者的世界觀呈現出一種模式……我該如何用自己文化歷史的生活背景，寫出新國家生活的感受，有人說寫出兩種文化之間的衝突和認識。從客觀意義上來說，寫作者堅持的本質理念仍然是一條：我是中國人，客觀上仍然是「觀望者」寫感覺。這種寫作現象，在新移民文學中佔據相當的數量，而且可能經歷很長時間。造成這種原因的另一種直接的因素，是受長期以來國別的「排斥」與「同化」的對立選擇：你是做中國人，還是加拿大人。這樣的對立顯然加重了多數移民對自己本土文化的歸屬感。

　　二是我屬於什麼的人，非此非彼，文學呈現出的第三類？

　　隨著新地域生活的深化，一些作家在自己的寫作中出現

了「焦慮」的情緒，他們發現自己的文學已經在「非此非彼」中排斥，表現了離散文學的另類特徵。在作品中，一方面試圖表達自己對母國文化的認同，另一方面，又隨從西方主流意識形態，迎合當地讀者對原生文化提出質疑和期待，用「東方主義」的觀點，對自己民族的弱點進行批評。這種客觀生存面臨的現實，衝擊著作家的思考。這種焦慮，存在於一個明顯的特點，對自己文化身分認同的模糊性，是地域和時間效應造成的主觀困惑。一些作品表現出這樣的情緒，但是事實上作為作家本人的思想界限，並沒有跨入另一種文化區域。

從理論上來講，客觀概念的因素，對於北美「新移民文學」的文化認同，並不是直接或最重要的部分。當客觀條件一旦具備，主觀概念的因素起著重要的作用。用筆者多年寫作的經驗來看，「新移民文學」的實踐證明，在海外相當數量的作家在文化身分認同與文學中所表現的態度，是十分「曖昧」的，中國人歷史文化傳統的保守意識，他們保持著一種習慣性的「懷疑」態度，往往在作品中似乎表達了「文化身分認同」轉變那樣的精神和情緒，但是，從人的主觀意識或世界觀本身，仍然沒有站到一個合適的位置，或者說並沒有自覺地接受這一現實的挑戰。

2.主觀概念的因素

文化身分認同的主觀概念，是實現「新移民文學」發展走向的關鍵。身分既有著來自天然成的因素，同時，後天建構的成分也很重要。今天世界的多樣化，一個人的民族和文化身分，可以是雙重和多重的。自然的入鄉隨俗，就是文化身分認同的通俗說法。按照北美「新移民文學」開始的劃分（1970年

代開始），我們不得不注意到這批人的文化身分「背景」的特徵。他們和早期移民不同，又和他們的後代移民子女也不同，這一代人有著豐富的中國文化背景，有的甚至經歷了包括了「文化大革命」，政治經濟變化和改革熱潮的洗禮，對於他們來說，無論是「左」的或「右」的情緒，直接影響到文化認同身分的轉變。

　　一個客觀的事實是，在北美當今的一些作家，特別是使用中文寫作的，在主觀意識上還處於自覺「回避」的狀態。表現在寫作與「認同」的相分離狀態，在作品中，雖然不可避免地意識到問題的存在，並展示了這樣的事實，而主觀意識上根本沒有把自己放在一個需要轉變的位置，寫作觀仍然是過去的和自身習慣的。在作品中是這樣，在實際生活中也是這樣。一些最實際的例子是，他們對於自身文化認同的自我「欺騙」，一方面切身感受著加拿大生活的利益和好處，而另一方面，直接回避自己身分認同的存在。用母語文化情結代替寫作的本原，甚至，經歷不起任何對新國家的「過度」讚美，而情不自禁的委屈，把自己的成長根源和理念回歸故土。表現出「左」相的文化思維。而更多的文學評論專家，關注點總是放在作品本身出現的「文化現象」，而對於作家自身面對的文化身分認同，關注甚少。

　　當然，也有走在前面並意識到這一問題的作家。較早一些時間最具代表性的華裔詩人弗雷德・華（Fred Wah）和萊利沙・賴（Larissa Lai）的作品，嘗試著從跨民族主義角度，詮釋「文化身分認同」意義下的華人文學的「主體性」和特質，拋去了回歸原祖籍國的意識，試圖在多元文化民族中建立起

「認同」孤立無根的形象，在作品中創作出肉體和人格的雙重
歸屬。華曾這樣描述父親「在北美白仍是標準，您卻永遠不夠
白。說您是中國人，您也永遠不夠純。您永遠不會和族裔社群
成員之間出道關係密切。所以您形單影隻，孑然世外……在
草原諸省，您不中不西，引人注目[11]」，這是真實而貼切的寫
照。崔維新是另一種主觀意識「認同」極為不同的作家，小時
候希望變成白人，成為作家後也不自認為是中國人，而女作家
林婷婷卻恰恰相反，接受著英文教育，卻熱衷於中文寫作[12]。
文化身分認同的極大差異，與主觀意識和覺悟有很大關係，他
們跨越了第一代移民深受祖籍國原祖文化的深刻影響。

　　用法語寫作的華人作家應晨，是北美「新移民文學」群
中很好地代表，她1989年在蒙特利爾麥吉爾大學法語系學習，
1991年獲得碩士學位。1992年發表第一部處女作《水的記憶》
（la mémoire de l'eau）開始，她獲得了魁北克‧巴黎聯合文
學獎等多項獎。在國外生活多年後她這樣說：「我已經離去，
但還沒有到達。也許我永遠也到達不了。……我處在出發點和
到達點的半途當中。我的人生被掰成了幾塊。我是我自己，又
不是我自己。……我不再說的清楚哪裡是我真正的土地，哪種
語言是我真正的語言。過去和現在混淆在一起。因此，我的根
似乎有好幾個，重新生過，找不到了。……因此，我漂浮在大
海上，四面看不到海岸[13]」。她的作品宣示了與更多華人作家
不同的風格，幾乎所有的故事都被安置在一個「非空間」和不
確定的時間裡，要麼在失憶或夢囈中，要麼在死亡或精神病以
後，表述著一個廣泛性的東西，即不在中國，不是加拿大，也
不在魁北克，在一個人類共同的地方，是「世界人」的基本

問題，讓文學的身分意義，變成共同性的。應晨的主觀意識是極其典型的，較早和較快地在文化身分認同上找到了自己，她開始在講法語的魁北克生活，從開始寫作，就認定自己身分的「現實性」，把自己放在「世界人」的環境中，作品也跨越了中國文化模式的束縛。有人曾問她：你是華人作家，法語作家，加拿大作家還是魁北克作家，她回答；「照我現在這樣的寫法，我希望不再是一種文化或個別族群體的代表或使者，像以前那樣[14]」。應晨的作品走在一個超越的位置上，她的「文化身分認同」已經成為一種「自己」，真實的「世界人」。

文化身分認同，在主觀上的跨越，是幾乎所有移民面對的挑戰。它的原動力來源於個人本身的認識，也叫一種「世界觀」的變化。縱觀移民發展史，身分認同如同一種「覺悟」或「習慣」意識，不是所有人可以實現的，有的移民家庭經歷了一代兩代人，仍然沒有真正改變和變化，用傳統，習俗，文化和原生地的精神承襲家族，保持著過去的那一套，拒絕改變自己。自覺或不自覺地接受和認同文化身分，與每一個人自身的認識理解直接有關。

（二）文化身分認同對北美「新移民文學」的影響

北美「新移民文學」作為海外華人文學的一個階段過程，文化身分認同一樣經歷著一個過程。從1970年代至今的北美「新移民文學」，在文化身分認同方面也開始表現出清晰的特徵。在長期寫作中成長的路，已經擺在我們面前一個事實，如何認定「新移民文學」的歸宿？

對於我們來說，它既是加拿大的，作為多元文化的一部

分,新移民文學有著積極的意義,是一個國家文學中的一部分。同時不能否認的事實是,我們的文學也是屬於中國的,因為語言是文學的根,我們的語言帶著中國土地的胎記,書寫著一種文化的延續和這種文化的交錯的存在,中國作家王蒙先生解釋為:「以母語尋找和締造心靈的家園[15]」,這是作為移民,用母語寫作的無比幸運和自豪,這種文化直接滲透在移民文學的根底。同時,我們還想肯定地說,特定的生活環境與新國家的生活,移民文學毫無選擇的寫著一種邊緣的文學,是雙邊和多邊文化互滲的文學,體現了世界文化多樣性的理念,有時表現的似乎並不清晰,但呈現出與主體加拿大英法文學不同的特質。從世界意義上來講,正如上述所論,把它稱之為「世界華人文學」,這樣的稱謂比較客觀真實地體現的移民文學的多樣性和時空的多樣化。如果以加拿大為例,筆者稱它為「新加拿大人文學」[16](在加拿大,它代表了「新移民文學」的走向)。其本質特徵在於,我們的移民寫作者,從本質上置身於加拿大人的精神和情結中,與加拿大人的命運關聯在一起,用多元文化的精神寫我們在新國家中的命運。可以這樣說,「新加拿大人文學」的概念,與一般意義上說的「移民文學」的最大區別,就是文化身分認同的轉變。以什麼樣的文學觀寫作,它應該具備下面的主要特點:

1、寫作者要有實際的,真實的海外生活的體驗,瞭解和認識新生活的基本特徵和方式,這叫做「時空意義」。

　　簡單地說來,物質決定精神的概念是適用的,感受是重要的,自身文化的感受和對新文化的感受需要

一個「公正」理解的過程，而不是用自己文化身分的意識傳統，取代對現實全部的理解。這是「文化身分認同」的過程與思考。

2、要在精神和心態上很好地解決一個「文化身分認同」問題，這是極為重要的一個方面。這裡有幾點：

（1）主人精神，放棄外來人「情緒」，站在一個「北美人」的位置上寫作。我們身邊的很多寫作者，他們始終緊抱著「祖籍式」的認同看居住國的生活，即使在海外生活多年，仍然是一個「中國人」，生活的家鄉化，思維的祖籍化，拒絕新思想和新變化，觀點和意識仍然是一貫的，堅守著傳統的和過去的東西。作為中國人的文化精神，應該成為「北美人」文學寫作的「亮劍」，這是「北美」中國人的天然財富和優勢，在作品中展示中國人的移民文學的獨到認識和精神。

（2）寫作者的主觀意識要體現出海外的價值精神，文學的思想同樣要有「北美人」的價值精神。例如，如何從中國式的文學觀中找到海外文學觀的價值，正如上述所言，中國文學宣導寫人與人的活動，人與人的思想搏弈，這對於加拿大寫作人來說，似乎是不太可理喻的，這裡更多地是寫人性本質，寫科學與幻想，寫自然與人的結合和人的精神。那麼，作為移民的加拿大人是如何在改變和接受這樣的生活觀呢。這叫做「思想意義」。

（3）要直接參與本土文學的實踐活動。既然作為北美
　　文學的一分子，自然要關注本土各民族人民的生
　　活命運，寫他們的故事，探討北美多元生活的命
　　脈，尋找到華人寫作的立足點和突破口。例如，
　　思考人性意義的生活體驗，自然存在的美妙創
　　造，科學與幻想的新思考。根據移民生活的特
　　點，注入作為中華文化背景的「中國人元素」，
　　可以尋找「邊緣文學」中的不同特質，寫出加拿
　　大少數民族中的移民文學的另一方面。瑞士學者
　　代博拉・邁德森把這種文學的特徵，解釋為「即
　　此由彼」的跨民族雜糅體，打破血緣關係的本質
　　論神話，創建屬於自己的「第三空間」的本土文
　　學。這正是北美「新移民文學」的走向，一條長
　　遠的文學之路，有待移民作家們的努力。

另一個方面，要發展華人文學的本土出版業，特別是華
文文學的本土出版。長期以來，北美華文作家出版著作，基本
上有賴於中國，香港和台灣三地，從出版發行到宣傳，都打道
回國，然後再將作品流回加拿大本土，形成極為尷尬的現狀。
出版的斷裂背離了身分認同的精神的「整體性」。近幾年在魁
北克，華人文學活動開始嘗試改變這種與本土脫節，依賴性華
人文學出版的方式，立足本土，以「草根寫作」的精神體現華
文文學在加拿大存在的意義，以新加拿大人的精神，立足本地
出版華文著作。經過十幾年的努力，魁北克華人作家協會獲得
了自主出版中文文學書籍的條件。成為加拿大首個出版發行華
文文學著作，和最多在加拿大本土出版發行華文著作的文學團

體。從2012年起，在加拿大本土出版了首部華文作家作品選
《歲月在漂泊》；英中文雙語詩集《一隻鞋的偶然》《一根線
的早晨》（加拿大中國二十人詩歌選；兩本華文文學新書《太
陽雪》（短篇小說選），《皮娜的小木屋》（散文選）。華文
著作在本土出版，是一個全新的文學思路，根據加拿大多元文
化的精神，加之中文作為第三大語言，在加拿大出書有著深遠
的意義。中文文學書籍在加拿大出版，體現了「文化身分認
同」中的群體價值，從參與走到自主的「開始」，是對華人文
學的貢獻，無論對於母語的中國和加拿大來說，都是華裔文學
的未來走向。儘管中文文學書籍的出版目前面臨許多的問題，
首先是讀者的限制，相較於大陸出版書物眾多的讀者群來說，
變得十分尷尬。對於加拿大本土華文文學研究，包括大陸學者
的研究都帶來一定的困難。出書的發行，出版商，包括圖書的
推銷，經紀等等，也是全新的，有待解決的問題。華文文學作
為加拿大整體文學的一部分，中文已經成為大三大語言，出版
書的前景是樂觀的，標誌著華文文學在本土的崛起。這在華文
文學和歷史意義上，都佔有重要地位。

五、結論

　　綜合上述論點，筆者認為：

　　第一：北美「新移民文學」命題，並不能表達海外文學
的全部內容，特徵和本質。它只代表了海外華人文學的「階段
性」的移民文學和延續，特別是北美文學的主要特徵。「世界
華人文學」代表了移民文學的基本概念和範圍，北美「新移民

文學只是這個範圍內的一部分。

　　第二：北美「新移民文學」本身的概念，應該按照嚴格的階段分期來認定。「新移民文學」的不同時期，展示著完全不同文學特徵，而且，表現出重疊複合的特點。

　　第三：實現文化身分認同是北美「新移民文學」走向成熟的一個標誌，也是新移民成為「北美人」和「世界人」寫作的新起點。

　　第四：北美「新移民文學」作為新國家文學的一部分，同樣存在著「夾縫式」寫作的特質，也同樣延續著中國文學的內涵，「第三種寫作」是客觀存在的，並將被新移民所認同，也成為一種海外文學的特徵。

注釋：

1　楊利娟《「新移民文學」的文化嬗變》，《河南紡織高等專科學校學報》第46頁。
2　朱崇科：《術語的曖昧：「問題意識」中的一時問題》，《暨南學報》2008年第4期，第11-16頁。
3　潘凱雄《熱熱鬧鬧背後的長長短短：關於「關於新移民文學」的再思考》，《當代作家評論》1993年第3期，第20-23頁。
4　張裕禾：《魁北克人心中的華人形象：從現實生活到藝術虛構》。載鄭南川：《太陽雪》（LaNeigesousLesoleil），加拿大蒙特利爾2014年出版，第225頁。
5　中國作家協會《文藝報》2001年4版
6　《論北美新移民文學的歷史發展與總體特徵》（見《暨南學報》2011年，第一期）
7　加拿大魁北克華人作家協會《筆緣百期菁華》彙編二，蒙特利爾印刷，1999年2月。
8　曹惠民：《華人移民文學的身分與價值實現……兼談所謂「新移民文學」》第42頁。

9 鄭南川主編：《太陽雪》（LaNeigesousLesoleil）加拿大魁北克華文小說選。2014年蒙特利爾出版，第198頁。

10 陳瑞林：《「離散」後的「超越」……論北美新移民作家的文化心態》，《華文文學》2007年第5期，第39頁。

11 徐穎果，丁惠：原載《南開大學》（哲學社會科學版）2009年5期。

12 趙慶慶：《楓語心香》（南京大學出版社），第一輯，第135頁。

13 《黃山四千仞：一個中國夢》，蒙特利爾北極出版社，巴黎索伊出版社，2004年，第120頁。張裕禾譯。載鄭南川：《歲月在漂泊》（NosannéesauCanada），2012年蒙特利爾出版，第680頁。

14 同上。第682頁。

15 王蒙先生為魁北克2001年舉辦的首屆「加拿大華文文學獎」活動題詞。載鄭南川：《歲月在漂泊》（NosannéesauCanada），2012年蒙特利爾出版。

16 鄭南川：《加拿大魁北克華文文學的成長及其特點》，「新浪網」路歌的博客：http://blog.sina.com.cn/u/3610315530

釀小說87　PG1653

窗子裡的兩個女人
——鄭南川小說集

作　　　者	鄭南川
責任編輯	林世玲
圖文排版	周妤靜
封面設計	蔡瑋筠

出版策劃	釀出版
製作發行	秀威資訊科技股份有限公司
	114 台北市內湖區瑞光路76巷65號1樓
	電話：+886-2-2796-3638　傳真：+886-2-2796-1377
	服務信箱：service@showwe.com.tw
	http://www.showwe.com.tw
郵政劃撥	19563868　戶名：秀威資訊科技股份有限公司
展售門市	國家書店【松江門市】
	104 台北市中山區松江路209號1樓
	電話：+886-2-2518-0207　傳真：+886-2-2518-0778
網路訂購	秀威網路書店：http://www.bodbooks.com.tw
	國家網路書店：http://www.govbooks.com.tw
法律顧問	毛國樑　律師
總經銷	聯合發行股份有限公司
	231新北市新店區寶橋路235巷6弄6號4F
	電話：+886-2-2917-8022　傳真：+886-2-2915-6275

出版日期	2017年1月　BOD一版
定　　價	260元

國家圖書館出版品預行編目

窗子裡的兩個女人：鄭南川小説集 / 鄭南川著.
-- 一版. -- 臺北市：釀出版, 2017.01
　　面；　公分. -- (釀小説；87)
　BOD版
　ISBN 978-986-445-165-4(平裝)

857.63　　　　　　　　　　105020440

讀者回函卡

感謝您購買本書，為提升服務品質，請填妥以下資料，將讀者回函卡直接寄回或傳真本公司，收到您的寶貴意見後，我們會收藏記錄及檢討，謝謝！
如您需要了解本公司最新出版書目、購書優惠或企劃活動，歡迎您上網查詢或下載相關資料：http:// www.showwe.com.tw

您購買的書名：_____

出生日期：_____年_____月_____日

學歷：□高中 (含) 以下　　□大專　　□研究所 (含) 以上

職業：□製造業　□金融業　□資訊業　□軍警　□傳播業　□自由業
　　　□服務業　□公務員　□教職　　□學生　□家管　　□其它_____

購書地點：□網路書店　□實體書店　□書展　□郵購　□贈閱　□其他

您從何得知本書的消息？

　□網路書店　□實體書店　□網路搜尋　□電子報　□書訊　□雜誌
　□傳播媒體　□親友推薦　□網站推薦　□部落格　□其他_____

您對本書的評價：（請填代號　1.非常滿意　2.滿意　3.尚可　4.再改進）

　封面設計____　版面編排____　內容____　文／譯筆____　價格____

讀完書後您覺得：

　□很有收穫　□有收穫　□收穫不多　□沒收穫

對我們的建議：_____

_____

_____

_____

11466
台北市內湖區瑞光路 76 巷 65 號 1 樓

秀威資訊科技股份有限公司　　　收

BOD 數位出版事業部

....

（請沿線對折寄回，謝謝！）

姓　　名：＿＿＿＿＿＿＿＿　年齡：＿＿＿＿　性別：□女　□男

郵遞區號：□□□□□

地　　址：＿＿＿＿＿＿＿＿＿＿＿＿＿＿＿＿＿＿＿＿＿＿

聯絡電話：(日)＿＿＿＿＿＿＿＿＿＿　(夜)＿＿＿＿＿＿＿＿＿＿

E-mail：＿＿＿＿＿＿＿＿＿＿＿＿＿＿＿＿＿＿＿＿＿＿＿